KB089007

제24회 전태일문학상 수상작품집

新 구석기뎐 (외)

제24회 전태일문학상 수상작품집

新 구석기뎐 (외)

2016년 11월 11일 초판 1쇄 인쇄
2016년 11월 17일 초판 1쇄 발행

지은이 김희원 외
펴낸이 윤철호 · 김천희
펴낸곳 (주)사회평론아카데미

편　집 장원정
디자인 김진운
마케팅 정세림 · 남궁경민

등록번호 2013-000247(2013년 8월 23일)
전　화 02-2191-1123
팩　스 02-326-1626
주　소 121-844 서울특별시 마포구 월드컵북로12길 17(1층)

ISBN 979-11-85617-90-9

제24회 진태일문학상 수상작품집

新 구석기뎐 (외)

김희원 외 지음

사회평론

나는 돌아가야 한다

이 결단을 두고 얼마나 오랜 시간을 망설이고 괴로워했던가

지금 이 시각 완전에 가까운 결단을 내렸다

나는 돌아가야 한다

꼭 돌아가야 한다

불쌍한 내 형제의 곁으로

내 마음의 고향으로

내 이상의 전부인 평화시장의 어린 동심 곁으로

생을 두고 맹세한 내가

그 많은 시간과 공상 속에서

내가 돌보지 않으면 아니 될 나약한 생명체들

나를 버리고 나를 죽이고 가마

조금만 참고 견디어라

너희들의 곁을 떠나지 않기 위하여 나약한 나를 다 바치마

너희들은 내 마음의 고향이로다

1970. 8. 9 전태일

작가들의 사회적 책무를 생각하며

2016년 가을, 예술계에 놀라운 소식이 들려왔다. 청와대에서 무려 9,473명에 이르는 문화예술계의 블랙리스트를 작성했다는 것이다. 주로 세월호 참사 관련 시국 선언, 서울시장 후보 및 야당 대통령 후보 지지 선언에 이름을 올린 이들이었다.

워낙 방대한 인원을 포함시킨 블랙리스트여서 여기에 포함되지 않으면 예술가로서 창피한 일이라는 목소리마저 들린다. 정부는 그동안 얼마나 다양한 명단을 작성했을까? 블랙리스트는 비단 문화예술계에만 한정되진 않았을 것이다. 용산 참사의 진실을 요구하고 국정 교과서에 반대하고 비정규직 철폐에 동참하고 4대강 사업에 반대한 이들의 명단도 어딘가에 존재하지 않을까?

명단 작성의 의도는 뚜렷해 보인다. 각종 공모 및 지원 사업에서 배제해 비판의 목소리를 잠재우고 예술가들을 길들이기 위한 것이다. 독재 국가를 제외하고 이런 유치하고 저질스러운 일이 가능한 나라가 얼마나 있을까?

블랙리스트엔 전태일문학상 운영위원 전원이 포함되어 있다. 또한 현재 활동 중인 전태일문학상 출신 작가들이 대부분 포함되어 있다. 이는 전태일문학상이 작가들의 사회적 책무를 기꺼이 감당하는 광장의 역할을 하고 있다는 증좌일 것이다.

그 바통을 이어받을 제24회 전태일문학상 수상자가 결정되었다. 시 부문 797편(187명), 소설 부문 114편(70명), 생활글 및 기록문 부문은 136편(101명) 등 시대와 인간의 내면을 기록한 총 1,047(358명)편의 작품이 응모되었다.

시 부문의 예심은 문동만·송경동 시인이, 본심은 백무산·정우영 시인이 맡았다. 당선작은 김희원의 「新 구석기년」 외 6편이다. 당선자는 소식을 듣고 이십대의 노동으로 지문이 닳은 손가락을 들여다보았다고 한다. 시어에도 닳은 지문을 새겨 넣은 시인은 자신의 말대로 이제 '시대의 단 한 줄'을 찾아 세상 속으로 들어갈 것이다.

생활·기록문 부문은 최경주·안미선 작가가 예심을, 김해자 시인과 신순애 작가가 본심을 맡았다. 그 결과 이경수의 「가리봉 청춘들의 삶」 외 1편이 수상작으로 결정되었다. 생활글과 기록문이라는 두 개의 장르를 함께 공모하는 이 부문은 지난 몇 회 동안 기록문(르포르타주)에서 당선작이 나왔는데, 오랜만에 생활글 수상작을 만나게 되었다.

소설 부문의 예심은 정하진·오수연 소설가가, 본심은 윤정모·

이인휘 소설가가 맡았다. 아쉽게도 소설 부문은 수상작을 내지 못했다. 응모자들의 '글 노동'의 수고로움과 심사위원들의 애정 어린 노고를 헤아려 수상작을 선정하려 했지만 부득이하게 '수상작 없음'으로 발표하게 되었다. 독자 및 응모자 여러분의 너른 양해를 바란다.

전태일청소년문학상은 올해로 11회를 맞이했다. 산문 부문의 올해 응모작들은 어른들의 세계를 다룬 작품이 많았던 이전과 달리, 청소년 자신들의 세계와 삶을 다룬 작품이 부쩍 늘었다. 반가운 변화이다. 이로 인해 올해 전태일청소년문학상 수상작들은 청소년들이 서 있는 자리를 확인하는 지면이 될 것이다. 전태일 열사는 일기, 편지, 수기, 소설 등을 통해 어른들의 세계가 아닌, 자신이 몸담은 곳, 자신의 삶이 놓여 있는 곳에서 소재를 찾고 글을 썼다. 청소년들이 이 점을 헤아리길 기대한다.

올해 작품집은 예년과 달리 '올해의 르포르타주' 면을 신설했다. 한 해 동안 발표된 르포 작품들 중 독자들과 다시 읽고 싶은 작품을 선정해 지면에 싣는 기획이다. 이는 기록자로서 충실했던 전태일의 '기록 정신'을 이어받기 위한 노력의 일환이다. 송기역의 「너는 살고 내가 죽었다」는 박선영 열사의 모친인 오영자의 생애를 담았고, 서분숙의 「안녕들 하십니까」는 안녕하지 못한 청춘을 사는 태우와 점환의 사연을 담고 있다. 정윤영의 「"이러다 노동자 다 죽는다"」는 홍종인 유성기업 전 지부장의 목소리를 통해 유성기업에서 그간 무슨 일이 벌어졌는지 기록하고 있다.

끝으로 올해에도 수고를 다한 전태일문학상 및 전태일청소년문학상 심사위원들과 전태일의 정신을 아로새기며 한 줄 한 줄 글을 써온 응모자들에게 감사의 인사를 드린다. 이번에 지면을 얻지 못한 여러 응모자들의 글땀을 기억하며 내년엔 한 뼘 더 자란 글로 다시 만날 수 있기를 기대하며 글을 맺는다.

특히 해마다 문학상 수상작품집이 출간될 수 있도록 후원해 주신 사회평론사와 민주화운동기념사업회에 존경과 감사를 표한다.

전태일문학상 운영위원회
안재성, 맹문재, 유현아, 송기역, 차형근

제11회 전태일청소년문학상

新 구석기뎐 외

김희원

2012년 6월 한국교양기초교육원 제1회 대학생 고전 에세이 대회 은상 수상
2012년 10월 남원 춘향 문화원 독서 감상문 우수상 수상
2014년 8월 성균관대학교 일반대학원 중어중문학과 석사과정 수료
2015 불교신문 신춘문예 시 부문 당선

新 구석기뎐

가스불이 들어오지 않는 방
생라면을 슬쩍 물다
두 해가 거죽으로 지나갔지
학생들은 밥도 잘 안 해 먹지 않느냐던
어머니를 빼닮은 집주인 말씀이
나는 보증금보다 서늘하여
마른 고무장갑 뒤집어놓았지

밸브를 열고 백날 기다리라시면
가스 인형으로 출토될까
나는 날계란 삼켰지
자취생활에 없는 끓는 물이라
시집간 친구가 부러운 것은
잘난 남편도 아니요
타다다닥
시퍼렇게 만세하는 호모에렉투스 불빛이라
말랑말랑 익히고 싶은 내 살림
섭씨 백도를 주선해줄 사람 어디 없나요
내 식은 침 노릇노릇 구워드릴게요
302호 파란 불꽃을 들고 오시는 날
젖내 나는 어금니 펄럭이며

만년을 밸브를 풀어도
여전히 꽁해 있는 화덕
그래, 네놈이 갑입니다

청춘 사용법

자, 편의점으로 들어섭니다
당신의 자리는 진열대 맨 끄트머리
라면에도 서열이 있습니다
당신의 식사는 살아 있다는 흔적
나무젓가락은 두 개를 챙깁니다
언제나 쩌억— 쪼개지지 않으니까요
그래야 밥상입니다

거스름돈은 꼭 챙깁니다
아직 돌려받을 게 있는 오늘입니다
젊음은 기부가 아닙니다
나를 쓰고 나를 남기는 겁니다

간혹 착하게 살면
아르바이트생이 김밥도 찔러줍니다
유통기한이 지나 미안하다고 합니다
당신은 유통기한이 지나 고맙습니다

만약 청춘에 유통기한이 있다면
누가 먼저 미안하다고 할까요
우리 내기를 해봅시다
벌건 국물 훌훌 털어넘기고
개운하게 몸을 풀어봅시다

이런, 가스가 떨어졌습니다

데칼코마니 ─서울 展

서울에서 나는 반푼이가 되었지
특별시가 내어준 방 반 칸
나는 한 칸인 듯 들어가 앉았지
그대의 설거지 소리 들리고
그대의 변기물 소리 들리면
미안하지만 나는 베토벤의 귀를 부러워했네
우리가 따로 썼던 물과 전기와 가스
연좌제로 물어올 제
나는 그대여, 오늘도 얼마입니다
야무진 자본주의는 되기 싫어
봄날이어요, 좋은 하루 되세요
물렁한 민주주의가 되기로 했네
누가 더 쓰고 덜 쓰고
더 울고 더 웃을 것도 없는 원룸촌
나는 다 쓴 볼펜 속에 나를 밀어넣어
솔로의 박동으로 듀엣의 문장을 썼지
머줍어 들려오는 소작인의 노래
그래, 밥은 먹고사는가
고향에서 보내 온 고구마
301호에 마실 보내놓고
나는 짓다 만 세 평 살찌웠지

사투리로 부풀던 고갯마루 그만치

아름다운 세상을 위하여

해 질 녘 아이들을 불러 모으는
안해의 마음으로
환경미화원은
삶의 부스러기를 끌어안는다
누군가 잃어버린 적 없는 것들에
약속은 하지 않기
버려진 척을 해야
다른 세상으로 갈 수 있다
리어카는 툴툴 시동을 건다
타고난 운명은 하나도 없는 골목
버려진 사람은 없고
버려진 사랑은 있고
아름다운 도시를 위해
환경미화원은 오늘도 숨을 참는다
허기를 앓다 튀어나오는 고양이
너는 한 번을 리어카에 오르지 않는구나
아저씨는 바지춤을 올리고
쓰레기 배출시간을 넘긴 나는
비 오는데 죄송해요
전등불은 껌벅인다
두툼한 파전 한 장 부쳐
골목에 내고 싶은 밤
늘어진 전깃줄 비켜선다

서울의 달

밥 때를 놓치고 타는 버스는 느리다
신호등은 나의 골방과 시차가 커서
도시는 뻘길이다
라디오 소리 보글보글 들릴 때
─고구마 좀 쪄놔
중절모를 쓴 할아버지 전화를 끊는다
빈 배를 문질러본 사람은
오늘을 간단히 사랑하기로 한다
나는 별이라도 따 먹었으면
고구마 하나 부탁할 데 없는 시간
버스는 결백하다
나는
오늘의 끼니를 내일로 이체하고
남은 소보로빵을
이제 냉장고에 잔금은 없다
꾸어다 써본 배부른 날들
나도 허기를 넉넉히 쪄줄
목소리 하나 있었으면

밤을 그리워하다
밤을 건넜다

허리 굽은 부처

감기가 불치병인 것은 맞다고
약국에서 반가사유상 자세로 있을 때
허리 굽은 할머니 한 분 들어서시네
박카스 한 박스에 천 원만 빼달라는데
나는 마침 콧물이 흘러나와 주었지
청진기가 없는 약사
콩닥콩닥 피로를 잰다
나무관세음보살로 효험 본 할머니
밑천 한 장 지키고 돌아서는데
천상 돈내기에서 진 사람의 모습이라
너덜한 그림자 약병을 스치고

혜화동 골고다 언덕길
노인네 말년에 참견할 만하지
이사 나간 아들 대신
할배 병구완 차 나섰다는 길
한 다리 짚을수록 엎어지는 이 길이
쓰자면 좀이 슬던 한 시절 같아라
학생도 돈 벌어 저 아랫동네로 내려가라는 말
배운 나는 왜 낮아질 생각은 못할까
부운 세월 가라앉히고 싶은 부처
하산하려는구나
저 아래 절 한 칸 지으시려고
등허리 꼬깃꼬깃 접어

손 안에 풍경 소리 이미 들린다

밥상

오늘은 조용히 있자고
두부 한 모 쥔다
머리 빗는 날보다
라면발 훑는 게 쉬운 날들
후루룩 소리
옹알이 삼으면
빈 달력도 펄럭였지

바람 좋은 날
새도 쉬어간다
장갑으로 태어난
내 두 손은
별 아래
자박자박

날이 밝으면
간다
쉿물 뚝뚝 흘리며
간이 센 도시를 넘어

아무 맛도 안 나는 마음아
오늘은 내게서 풀어져라

당선 소식을 전해 받고, 저는 제 손가락을 들여다보았습니다. 어쩌다 다 닳아 버린 지문이 눈에 들어옵니다.

저는 20대를 공장이며, 식당, 편의점, 골프장 등 여러 일을 전전했습니다. 또래들이 버젓이 대학생활을 즐길 때에 저는 작업복을 입고 장갑을 꼈지요. 하도 이런저런 일을 많이 해서 그런지 그때 지문이 다 닳아 없어졌나 봅니다. 한번은 지문인식으로 출퇴근을 확인하는 곳에서 일한 적이 있는데, 그때마다 지문이 안 읽히는 겁니다. 다른 사람들은 쉽게 통과되어서 드나드는데, 저만 계속해서 "인증이 안 됩니다. 다시 인증해 주십시오"라는 소리만 들었죠. 본의 아니게 죄 지은 사람이 되었습니다. 제일 늦게 출퇴근 장부에 서명을 하고 가야 하는 제 자신이 얼마나 부끄러웠는지 모릅니다.

수상소감을 밝히면서 이런 이야기를 늘어놓습니다. 그러나 지금에 느끼는 감정은 이것으로밖에 표현할 길이 없습니다. 특히나 전태일문학상이라고 하니 제가 지나온 노동 환경을 이야기 안 할 수가 없었습니다. 그래서 한때는 어디 가서 못할 이야기를, 여기서 조심스레 꺼내 봅니다.

저는 이번 공모전을 준비하면서, 제가 살아온 이력을 숨기지도 비틀지도 않고 싶었습니다. 비록 전태일 열사가 살았던 시대에 비해 그렇게 비참하지는 않습니다만, 나름대로 청춘들의 고뇌를 표현해 보고자 했습니다. 5포세대니, 7포세대니, 최저임금 논란 등 새로운 혹한기를 맞고 있는 우리 세대에게 제가 조금이나마 마이크 역할을 했다고 하면 그것으로 다행입니다.

이번 수상으로 제 역할은 분명해졌습니다. '시'라는 장르가 시대를 말하지 않으면 그것도 폭언입니다. 그래서 저는 항상 시대의 단

한 줄을 고민해야 합니다. 그래서 조직사회가 부여하는 낭만적인 은유를 직시해야 합니다. 그것이 바로 제 할 일이라고 故 전태일 열사와 故 이소선 여사께서 이러한 기회를 주셨다고 생각합니다.

　마지막으로 다짐을 합니다. 함부로 문장을 쓰지 않겠습니다. 우선 삶을 살겠습니다. 생활 전선으로 육박해 들어가면서 이웃들의 손을 한 번 더 잡겠습니다. 그래서 너무나 진솔하여 다시 읽고 싶지 않은 시, 그랬다가도 다시 끌어 잡고 마는 시, 시원하게 쓰고 갔으면 좋겠습니다.

가리봉 청춘들의 삶 외

이경수

한국방송통신대학교 중퇴
제11회 좋은생각 생활문예대상 장려상
제14회 문예감성 수필부문 신인상
부산광역시 기장군 정관읍 거주 중이며 현재 타워크레인 기사로 일하고 있음

가리봉 청춘들의 삶

　1984년 11월 27일 충청북도 단양의 산골 마을에서 10대 후반의 나와 두 형이 돈을 벌기 위해 무작정 서울로 상경하여 첫발을 들여놓았던 곳이 바로 구로공단이다. 당시 구로공단 근로자들이 자주 찾아가 생활용품을 구입하고 군것질로 잠깐의 여유를 부리던 가리봉시장은 퇴근 시간만 되면 많은 사람이 구름떼처럼 몰려들곤 했었다. 그들 대부분은 전국 팔도에서 가난을 극복할 부푼 꿈을 가슴에 안고 서울로 올라와 구로 제1, 2, 3 공단에서 열심히 일하며 살아가는 젊은 처녀 총각들이었다.

　가리봉시장 주변으로는 다닥다닥 붙어 있는 1~3층짜리 다세대('벌집' 또는 '닭장'이라고도 불렀음) 주택이 많이 있었는데 시골에서 갓 올라온 사람 대부분은 이러한 곳에서 1~3년 정도 월세로 둥지를 튼 채 돈을 아껴 모아 전셋집으로 옮겨가기 전까지 마음이 맞는 한두 사람이 모여 자취 생활을 하며 살아가곤 하였다. 당시 우리 삼형제가 둥지를 틀었던 곳에선 생활비를 조금이라도 더 아껴보기 위해 몹시 추운 한겨울에도 연탄불을 전혀 피우지 않고 잠을 잘 때 세 사람의 체온으로만 견뎌냈으니 우리도 그들과 별반 차이가 없었을 것으로 생각한다. 그런 집 주택의 삐걱거리는 철 대문을 밀고 안으로 들어서보면 가운데 주인집을 마주한 건물 입구에서부터 ㄷ자로 빙 돌아가며 늘어선 같은 색, 같은 크기의 여러 방문이 비슷한 크기의 구릿빛 자물통을 하나씩 차고서 밖으로 일하러 나간 주인이 현재 그곳에 없다는 표시를 내곤 하였다. 그 바로 안쪽엔 폭 1m가량 되어 보이는 기다란 부엌이 딸린 작은 방 하나가 있다는 것을 짐작케 한다. 천장엔 언제 갈아 끼웠는지도 모를 빛바랜 형광등 하나에 키가 작은 사람도 쉽게 불을 켜고 끌 수 있는 굵은 도토리 모양의 전기 스위치가 허공에 매달려 있다. 벽 도배지 곳곳엔 '아 무척 힘들다', '엄마가 보고 싶어', '내 사랑 영신' 등 누군가 먼저 와서 살았던 사람의 인간다운 흔적들이 상당히 남아 있기도 했다. 꼭 필요한 곳엔 못도 몇 개 박혀 있고 미처 뜯어가지 않은 갈고리 모양의 옷걸이도 하나둘쯤은 그대로 남아 있기도 하다. 좀 두고 보기 민망한 낙서와 그림의 흔적들은 집안 물건으로 대충 가려놓거나 작은 거울을 달아두면 되었다. 그런 것으로 인해 집주인에게 도배를 새로 해달란 소리를 감히 할 수도 없었던 시절이다. 매일 힘든 일을 하면서도 배움의 끈을 놓질 않고 공부를 위해 좁은 방안에 책상 하나를 들여놓으면 두 세 사람이 간신히 누울 공간밖에 없어서 비키니 옷장 외엔 대부분 불필요한 살림살이는 잘 들여놓질 않고 생활하였다. 방바닥에 깔린 알록달록한 비닐 장판이 좀 오래되어 보여도 확실하게 구멍이 났거나 크게 찢어지지만 않았다면 그리 큰 문제가 될 건 없었다. 수건으로 깨끗이 쓸고 닦아서 자신 맘에 들도록 약간 부지런을 떨면 되었으니까 말이다. 운이 좀 좋으면 뒤쪽에 건물이 없는 작은 창문이 달린 방을 차지할 수도 있지만, 대부분 팔을 뻗으면 닿을 만한 위치에 또 다른 임대 건물이 바로 코앞을 가리고 있어서 겨우 환기만 시키는 용도로 사용될 뿐이었다. 그마저도 창이 없는 곳도 여럿 있어서 그런 방은 환기가 필요할 때마다 부끄럽고 조금은 귀찮더라도 부엌문을 직접 여닫으며 살곤 하였는데, 바로 옆쪽에서 살아가는 비슷한 처지의 사람들은 좁은 통로를 지나다닐 땐 상당히 불편하더라도 서로들 잘 참아주었다. 부엌의 천장엔 검게 그을린 15촉 백열등이 어둠을 늘 비취야 했고 거무스름하게 변한 시멘트벽엔 연탄보일러에 물을 공급하는 낡은 플라스틱 통이 녹슨 못 하나에 애처롭게 매달려서 그것과 연결된 두 줄의 고무호스는 무수히 많은 균열이 있는 부뚜막 아래로 내려와 벽 뒤쪽 구들 어딘가로 숨어 들어간 모습이 보인다. 이러한 집들의 부엌은 상하수도 시설조차 안 되어 있는 곳이 대부분이라 마당 한구석에 마련된 공동수도를 집주인 눈치를 봐가며 조심스럽게 이용해야 한다. 그런 곳은 비슷한 아침 시간에 주민 대부분이 밖으로 나와 출근 준비를 서두르기 때문에 매우 번잡스럽다. 또한 저녁이면 직장에서 돌아온 사람들이 식사 준비를 하느라 늘 북적거려 잠시라도 수도꼭지가 잠겨 있을 여유가 없을 정도다. 잠깐 동안 간단히 씻어도 되는 초저녁보다 좀 더 긴 시간 설거지를 해야 하는 밤이 되면 밥그릇을 가득 담아둔 넉넉한 크기의 개수대야가 밖으로 나와서 순서를 기다리느라 죽 늘어서곤 했다. 사람들이 줄을 길게 늘어서는 건 그곳만이 아니었다. 단 한 칸뿐이면서 고약한 냄새를 수돗가 근처까지 풍겨대는 재래식 화장실은 어찌나 잘났는지 새벽 아침마다 그 문 앞으로 사람을 죽 세워놓곤 했다. 부글거리는 배를 문지르며 화장실 안으로 들어가 뱃속이 좀 가라앉을 때까지 쪼그려 앉아 있으려고 하면 엉성한 판자로 만든 문이 연신 흔들거리며 빨리 나왔으면 좋겠다는 경고의 헛기침 소리가 문 밖에서 자주 들려왔다. 그럴 땐 밖에서 기다리고 서 있는 사람의 수만큼이나 화장실 안에서 쪼그려 앉아 있는 사람도 다급해지긴 마찬가지다. 입주민이 대부분 쉬는 일요일 낮 수돗가는 하루 종일 머리를 감아대고 밀린 빨래를 하는 사람들로 북적거리곤 한다. 그럴 땐 무작정 수돗가로 나가 자기 차례가 될 때까지 기다리고 서 있는 것보다 편한 방안에서 귀를 쫑긋 세운 채 수돗물이 바닥에 떨어지는 소리가 멈췄는지를 잘 듣고 있다가 잠시라도 잠잠해지면 다른 사람이 나오기 전에 얼른 빨랫감을 들고 나가서 앉아야 한다. 대체적으로 수돗가에 한번 자리를 잡고 앉으면 다른 사람은 잘 끼여들진 않는다. 그러므로 한번 나와 앉으면 지난 1주일 동안 밀린 빨래를 한꺼번에 하는 것은 관례다. 그렇게 세탁이 끝난 옷은 2층 옥상이나 제한된 마당의 공동 빨랫줄에다가 대충 널어서 말려야 한다. 그러한 집에선 자신이 생각하기에 아끼는 좋은 옷은 본인 스스로 잘 간수를 하는 것이 좋다. 자주 그러한 일이 생기는 것은 아니지만 간혹 쥐도 새도 모르게 옷이 사라지기도 하기 때문이다. 대부분의 사람들은 잘 건조시켜야 하는 부끄러운 속옷을 통풍이 원활하지 않은 부엌 천장 아래로 길게 늘어뜨려 놓은 빨랫줄에다가 걸쳐두고서 오래도록 말리곤 하였다. 이런 주택에서 살아가는 사람은 대체로 전기를 아끼기 위해 일부러 방안의 형광등을 자주 껐다 켜기를 반복하진 않는다. 단 하나밖에 없는 좁은 창문이 있다 한들 한낮에도 방안은 상당히 어둡기 때문에 사람이 한번 들어가 모두 잠들기 전엔 조명등을 끌 필요가 거의 없기 때문이었다. 비교적 잘사는 가구의 전기 제품이라고 해봐야 전기밥솥과 헤어드라이기 그리고 전기다리미와 TV 정도다. 그나마 전기다리미와 TV는 없는 집들이 더 많아서 중요한 프로권투나 축구 경기가 벌어지기라도 하는 날이면 TV가 있는 옆집에 모두 모여 열띤 응원을 할 때도 있다. 이러한 곳에서 살아가고 있는 사람과 집주인조차 어느 방에서 누가 전기용품을 많이 갖고 있으면서 자주 사용하느냐는 그렇게 중요하진 않다. 다만 세를 내어준 그 방에서 몇 명의 가족이 함께 살아가고 있는지가 더 큰 관심사다. 규모가 좀 크면 입주민 중에서 믿고 맡길 만한 사람을 총무로 지정하여 대신 방세를 걷기도 하지만, 대부분의 집주인은 한 달에 한 번씩 한전에서 부과된 전기세와 수도료를 직접 받으러 다닌다. 집주인이 각 세대를 찾아와 그달에 부과된 총 용량을 적어놓은 숫자가 있는 작은 종이를 잠깐 꺼내어놓곤 입주민 수대로 공평하게 나눈 금액이라며 매번 돈을 받아가긴 하지만, 세를 살고 있는 사람 어느 누구도 그게 정확한 용량이며 맞는 금액이기나 한지를 따져 묻거나 의심하진 않는다. 그러면서도 주인이 돌아갔을 땐 저런 식으로 하면 주인집 전기세와 수도료는 충분히 남길 것 같다는 말들을 이구동성으로 한다. 다만 집주인 면상 앞이라서 확실하지도 않은 의구심만으로 괜히 미운털이 박힐 짓은 안 하는 게 좋을 거라는 공통된 인식은 다들 갖고 있었기 때문에 궁금한 점이 있다 하더라도 그냥 참아버리고 만다. 전날 밤이나 휴일 아침 일찍 서둘러 빨래와 집안 청소를 모두 끝낸 사람은 오전 9시 정도가 되면 하나둘씩 거의 대부분 어딘가로 빠져나가기 시작한다. 하지만 더러 이도 저도 갈 곳이 없는 사람은 가까운 곳에서 살아가는 고향 친구나 학교 동창들을 집안으로 불러들여 음향이 좋은 전축을 자랑삼아 큰 소리로 틀어놓고서 시간을 보내다 라면으로 끼니를 때우기도 한다. 그러다가 저녁 무렵이 되면 무슨 중요한 약속이라도 있는 것처럼 어딘가로 몰려나갈 때도 있다. 이곳 삶에 익숙해진 사람은 주인집 대문을 잘 잠그지 않는다. 그럼에도 간혹 불안을 느낀 여성 세입자는 자신이 들어오면서 습관적으로 대문을 잠그기도 한다. 그런 날이면 자정이 훨씬 넘은 새벽 시간에 누군가 큰 소리로 고함을 치면서 대문을 발로 마구 차는 울림이 저 멀리 구석진 방까지도 들린다. 대부분 근처의 유흥가에서 놀며 시간을 보내다가 늦어진 경우인데 오랫동안 아무도 나가는 이가 없을 땐 대문에서 가장 가까운 곳에 세를 들어 있는 사람이 더이상 시끄러운 소음을 버텨내질 못하고 스스로 나가 문을 열어준다. 가리봉동의 다세대 주택에서는 불과 2~3분만 걸어나가도 어디서든 가리봉시장과 만날 수 있다. 그곳엔 크고 작은 교회도 몇 개 있고 극장도 두개나 있다. 그중 하나는 가리봉시장 중간 지점에 있는 해성극장이다. 모든 극장의 입장료가 단돈 천 원이므로 주머니가 가벼운 사람에게도 그리 큰 부담은 없다. 개봉 날짜가 한참 지난 오래된 영화가 대부분이었지만 관객들은 비가 주룩주룩 내리는 것 같은 스크린 속으로 다 같이 빠져들어서

울고 웃으며 하루를 즐기면 되었다. 그럼에도 개봉한 지 얼마 안 된 최신 영화를 보고 싶을 땐 주변 분식집으로 달려가 간단한 식사를 하며 그곳에서 틀어주는 비디오 영화를 보면 되었다. 가리봉시장 주변에 있는 분식집은 서로들 경쟁적으로 바깥 골목길에서 가장 잘 보이는 위치에다가 화면이 큰 TV를 올려놓고 찾아오는 손님에게 수시로 재미있는 비디오 영화를 틀어주곤 하였다. 주로 성룡 주연의 무술 영화나 주윤발과 홍금보가 맹활약을 펼치는 그렇고 그런 내용이긴 했지만 텔레비전이 없는 세대가 많았던 때여서 그런지 분식집마다 찾아오는 손님들로 늘 북적거리곤 했다. 다른 동네의 음식과 비슷한 값으로 허기진 배도 채우면서 눈과 귀가 즐거운 비디오 영화를 잠깐씩 볼 수 있다는 것 하나만으로도 가리봉시장 근처의 다세대 주택에서 살아가는 가난한 세입자에겐 큰 낙일 수도 있었다. 당시 가리봉시장 입구엔 몇 개의 은행과 약국 그리고 유명 제과점과 가전제품 대리점이 모두 들어와 있었던 것으로 보아 그곳으로 이사를 자주 오고 나가는 유동인구가 꽤 많이 있었다는 걸 짐작할 수 있다. 가리봉 오거리의 교각 위로는 김포와 강남으로 통하는 남부 순환도로가 있어서 구로공단에서 생산된 물류를 수송하는 수많은 자동차와 거리를 오가는 직장인들로 늘 혼잡하던 곳이다. 특히 휴일을 앞둔 토요일 저녁 보행자 신호등에 불이 들어오면 줄지어 기다리고 서 있던 사람들의 행렬이 가리봉시장 안으로 밀물처럼 몰려오곤 했었다. 큰 대로변 모퉁이마다 하나씩 있는 번듯한 상가의 음악다방 출입구엔 지나가는 청춘 남녀를 안으로 불러들이기 위해 비치해둔 검정 스피커에선 최신 가요와 젊은이의 귀에 익숙한 팝송이 종일 흘러나오곤 했었다. 게다가 가리봉시장 좌우측으로 즐비하게 늘어선 옷가게 주인들은 화려한 옷으로 치장한 마네킹을 자신의 가게 입구에 경쟁적으로 세워놓는 것도 부족해 밖에서도 매장 안쪽의 예쁜 옷이 잘 보이도록 해놓아 시골에서 올라온 지 얼마 안 된 순진한 처녀 총각들을 유혹해 보려고 애를 쓰는 모습이 역력했다. 그곳엔 늘 어딘가로 바쁘게 이동하는 사람들이 워낙 많다보니 좁은 시장 통 어딜 가나 손수레에 온갖 잡다한 물건을 팔고 있는 노점상도 줄지어 늘어서 있곤 했다. 이처럼 가리봉시장 안에는 없는 물건이 없을 만큼 다양한 점포가 많았으며, 가난한 직장인에게 꼭 필요한 물건을 저렴한 값에 파는 노점이 다 모여 있었기 때문에 주머니 사정이 얇은 사람은 누구를 만날 일이 생기면 약속 장소를 일부러 가리봉시장으로 정하곤 했다. 전국 팔도에서 고향을 등지고 구로공단으로 모여든 누군가에게 편안한 잠자리를 제공하며 따스한 밥을 지어 먹을 수 있는 작은 방 한 칸은 밝은 희망과 꿈이 영글어가는 보금자리가 되었고, 가리봉시장은 그런 사람들에게 목마른 갈증을 해소시켜주는 오아시스와 같은 역할을 묵묵히 해주던 곳이다.

이 나라 산업체의 든든한 수출 역군이 되어 청춘을 다 바친 그 많은 처녀 총각 모두는 시집 장가를 들어서 아들과 딸들을 낳아 이젠 자식들이 그 또래가 되었을 것이다. 대한민국 산업과 경제 발전의 상징이었던 높은 굴뚝의 검은 연기가 하늘로 연신 치솟던 추억 속의 구로공단 모습은 지금 오간 데 없고 디지털 과학 단지로 완전히 탈바꿈했다는 얘기를 이곳 부산에서 자주 듣게 된다. 그 힘든 고난의 세월을 잠시나마 가리봉 청춘들과 함께했었던 장본인으로서 격세지감을 느낀다.

학교를 가는 도중 콩밭에서

이른 아침 평소 때와 같이 잠에서 깨어나더라도 이젠 벌떡 일어나 밖으로 나가고 싶지가 않다. 올해 초등학교 4학년으로 올라간 나는 요즘 자주 그런 기분이 들어 이 시간만 되면 밤 사이 내 마음 깊은 곳에서 꼭꼭 갇혀 지내던 우울감이 턱밑까지 차올라와 있음을 느낀다. 언제부턴가 확실하진 않지만 학교생활도 이젠 재미가 없다. 그 이유는 내야 할 돈을 제때 못 내어 매일 아침마다 선생님께서 "이경수!"라는 나의 이름 석 자가 큰 소리로 교실 안에 울려퍼지도록 호명하실 때면 어디 쥐구멍이라도 있으면 기어 들어가서 꼭꼭 숨어버리고 싶었기 때문이었다.

그뿐만 아니라 미술 시간에 사용할 학용품을 제대로 준비해 가질 않거나 수업시간에 꼭 필요한 노트를 소지하고 있지 않다는 이유로 나를 놀려대는 친구들이 하나둘씩 자꾸만 늘어나고 있다는 사실 하나만 놓고도 혼자 감당하기가 점점 더 어렵게 되었다. 집이 좀 잘사는 친구는 노트를 과목별로 구매해 사용하고 있으나 나는 겨우 밑줄도 그어지지 않은 노트 한 권에 전 과목을 최대한 작은 글씨로 필기하고 있을 뿐이다. 그마저도 다 쓰고 나면 곧바로 새 노트를 사질 못한다는 게 더 큰 문제다. 사정이 이러하다보니 친구들이 신나게 필기를 하고 있을 때 나 혼자 가만히 앉아 있기가 쑥스러워 이미 다 쓴 노트의 빈 공간을 찾아가며 써놓곤 했다. 그런 이후에 집에서도 수

시로 필기한 노트를 들여다보며 공부해야 하지만 결국 나조차도 무슨 글씨를 어디다 써놨는지 도무지 알아볼 수 없는 경우가 많다. 그런데도 아버지는 매일 아침마다 눈을 뜨기만 하면 오로지 자신이 좋아하는 술만 드시려 하고, 우리 형제들이 지금 어떤 상황에 처해 있는지 아무런 관심조차도 없다. 할 수 없이 나는 마을 앞 농수로 공사장에서 주워온 시멘트 포대를 적당한 크기로 대충 오려 대못으로 구멍을 뚫은 뒤 굵은 실로 단단히 고정하여 노트로 사용할 때도 있다. 부족한 학용품은 그것만이 아니다. 제대로 된 연필조차 한 자루 없는 나는 늘 친구들이 쓰다가 버린 몽당연필을 쓰레기통에서 찾아낸 것으로 볼펜대에 꽂아 겨우 사용할 정도다. 그러다 보니 수업시간이 되어 연필을 쥔 손에 조금만 힘을 줘도 이미 상당히 골아 있었던 연필심은 너무도 쉽게 부러지곤 했다. 그럴 때마다 나는 친구에게 칼을 빌려 쓰는 게 너무 부담스러워 집으로 가져가 뭉툭한 낫으로 대충 다듬어 사용한다. 그뿐만 아니라 작은 지우개조차 마땅한 게 없어서 혹시라도 실수하여 글씨를 잘못 쓰게 되면 침을 묻힌 손가락 끝이 마치 지우개라도 되는 것처럼 자주 문지르며 지우다 보니 나중엔 노트 곳곳이 거무스름하게 물이 들기도 한다.

그 정도로 우리 집 가정 형편은 열악했다. 사정이 그러하다 보니 나와 우리 형제들은 매일 아침마다 집을 나서기 전에 돈을 달라며 뜸을 들인다. 그래봤자 아무런 소용이 없다는 것을 잘 알고 있으면서도 제일 만만한 어머니에게 한 사람씩 돌아가며 학용품 값을 달라고 손을 내민다. 그러나 우리 집에서 돈을 구경하기란 하늘의 별을 따는 것만큼이나 쉽지가 않다. 때론 거짓으로 눈물을 흘리며 팔자에도 없는 연기를 할 때가 종종 있었다.

우리 집이 이토록 못사는 건 어린 내 탓이 아닌데도 툭하면 지지리도 못산다며 못된 친구들이 떼거지로 놀린 다음 날이면 정떨어진 학교는 정말 가기가 싫다. 그럴 때일수록 나는 부모님이 들으라는 뜻으로 더욱 큰 소리로 우는 흉내를 내다가 미처 술이 덜 깬 아버지의 고함치는 소리를 덤으로 듣게 된다. 그래도 오늘은 지나간 날과 뭔가 좀 다르겠지 하고 조금 더 미련을 갖고 미적거리다 결국엔 뒤통수로 날아드는 부지깽이와 싸리 빗자루를 피하기 위해 얼른 달아나야 하는 신세를 못 면하곤 한다. 이처럼 아무런 성과도 없이 집을 나설 수밖에 없는 날이 어디 하루 이틀뿐이랴. 학교에서 홍수나 화재로 재난을 당한 이웃을 위해 1년에 겨우 한두 차례씩 걷던 불우이웃 돕기 성금과 같이 얼마 안 되는 돈이나 한줌의 쌀조차 나는 거의 낼 수가 없는 경우가 많았다. 그럴 땐 매일 아침마다 출석부를 들여다보며 나의 이름을 큰 소리로 호명하시던 선생님께서 언제까지 그것들을 낼 수 있는지를 물어보시곤 했는데 그때마다 나는 자신 없는 목소리로 매번 거짓 핑계를 대어서 위기를 모면해야 했다. 어느 때인가 선생님께선 참고서와 문제지를 대량으로 구매해 오셔서 학생들의 의지와는 전혀 상관없이 무조건 다 나눠주고 난 뒤 반장을 통해서 돈을 걷도록 하였는데 나는 그 돈마저 낼 수가 없어 거의 날마다 죄인처럼 불안한 마음으로 앉아 있을 때가 많았다. 그러다 보니 친구들과 똑같이 참고서를 갖고 학교를 다니긴 했어도 선생님께서 언제 다시 책을 내놓으라고 할지 몰라 공부의 길잡이인 참고서를 꼭 필요한 시기에 맘 놓고 들여다볼 수도 없었다.

　뭐 그렇다고 해서 선생님께서 나를 특별히 미워하시진 않는다는 느낌이 들긴 했다. 나는 지금까지 점심 도시락 한번 싸갈 형편이 못 되어서 그 시간만 되면 교실을 벗어나 넓은 운동장 옆으로 흐르는 농수로 물로 빈속을 채우기도 했다. 어쩌다가 반 친구 중에서 전날 제사가 있었거나 부모님의 생신 때 만든 맛있는 음식을 보자기에 싸와서 선생님에게 전달해드리곤 했는데 그럴 때마다 선생님께서는 도시락을 싸오지 못하던 나와 비슷한 환경의 다른 친구 몇을 따로 부르셔서 우리가 다 먹을 때까지 지켜보곤 하셨다. 그리곤 아주 가

끔찍 점심시간이 되어서 혼·분식 비율을 확인하고 또 독려하기 위해 도시락 검사를 끝낸 선생님은 다른 친구의 도시락 뚜껑을 갖고 교실을 돌아다니며 친구들에게 밥 한 수저와 반찬을 조금씩 옮겨 담게 하여 나에게 가져다주시며 먹으라고 직접 챙겨주기까지 하셨다. 그래서일까. 나를 좀 측은하게 봐주는 착한 친구가 있는 반면 거지라고 마구 놀려대는 성질이 못된 친구도 있어서 나를 매번 속상하게 하였다. 그럴 땐 차라리 내가 배를 쫄쫄 굶는 일이 있더라도 친구에게서 그런 놀림을 받지 않는 게 훨씬 더 좋을 것 같다는 생각이 들기도 했다. 나는 친구들에 비하면 키가 좀 작으면서 몸은 여리게 보일지라도 시간이 있을 때마다 집안 농사일과 지게질을 자주하여 다부진 체격을 갖게 되어 학교에선 뚝심으로 하는 일이라면 뭐든 자신 있었다. 그래서 경우에 어긋나는 말과 행동을 주저 없이 하는 친구 한두 명은 간단히 혼내줄 자신이 있었으나 내가 누구를 때려서 다치게 하여 가난한 우리 집에 또 다른 부담이 되게 해선 안 된다는 걸 나 스스로 잘 알고 있었기 때문에 혹시라도 친구들과 싸움이 생길 만한 낌새라도 있을라치면 무조건 그 자리를 얼른 피해버리는 것으로 해결 짓곤 했다. 이처럼 약을 올리며 놀려대는 못된 친구에게 적극적으로 대응을 하지 않게 되자 정말로 물렁하게 보였는지 최근 들어 내 마음을 더욱 아프게 들쑤시던 아이들은 자꾸만 기가 살아나는 것 같다는 느낌이 든다. 이젠 그런 녀석들에게 일일이 말대꾸하는 것도 귀찮다 못해 실제로 나의 사기는 점점 더 위축될 수밖에 없었다. 지금 못된 친구들이 자꾸 나를 놀리는 것과 실제로 내 앞에 놓인 현실은 그 아이들 말대로 틀린 게 정말 하나도 없기 때문이다. 그래서 요즘 나는 매일 학교를 나가야 한다는 것이 곤욕스럽고 싫다. 그런 일로 하루 종일 선생님과 친구들 눈치나 보면서 맘이 불편한 학교를 나가느니 차라리 잡초가 무성한 우리 밭으로 나가 온종일 힘든 노동을 하는 게 훨씬 더 나을지도 모른다는 생각이 들었던 게 바로 그 시

기다. 사람이 싫어지면 세상의 모든 것들이 다 싫게 느껴지기에 말이다. 그러던 어느 날 아침 나는 평소와 마찬가지로 부모님께 학용품 살 돈을 달라고 떼를 쓰면서 오랜 시간을 버티고 서 있다가 결국 빈손으로 내쫓기듯 집을 나선 뒤 마을로 내려오는 오솔길 중간 지점에 있던 우리 콩밭 앞에 멈춰 섰다. 그리곤 한동안 속으로 맘먹고 있던 생각을 행동으로 직접 옮기기 위해 콩밭 안으로 조용히 스며들었다. 하지만 나의 복잡한 속마음을 전혀 모르고 있던 1학년 코흘리개 동생 경배는 그날따라 눈치도 없이 계속 내 뒤를 졸졸 쫓아오며 콩밭 입구까지 따라붙었다. 어떻게든 녀석을 떨어뜨려 놔야 했던 나는 일부러 똥을 싼다는 맘에도 없는 핑계를 둘러대기 위해 바지를 풀어헤치며 엉덩이를 훌러덩 까고서 그대로 땅바닥에 주저앉는 행동을 보였다. 그랬더니 가까이서 지독한 똥냄새를 맡고 서 있기는 싫었는지 오솔길로 다시 나가 잠시 기다리고 있던 경배는 "형아야! 그러다학교 늦겠다!"란 짧은 말을 남긴 채 마을로 먼저 내려간 이후 다신보이질 않았다.

푸른 잎이 무성하게 자라 있던 콩밭의 움푹 파인 고랑에 쪼그려앉은 자세 그대로 조심스럽게 10여 걸음 정도를 더 깊이 들어가서 땅바닥에 털썩 주저앉고 보니 짤막한 나의 앉은키를 무성한 콩잎들이 자연스럽게 뒤덮어주어 밖에서도 잘 보이지 않게 위장을 시켜주는 듯했다. 혹시라도 누군가 이 길을 지나가다 콩밭에 혼자 멍하니앉아 있는 나를 보기라도 하면 절대로 안 되었기 때문에 밭고랑의 움푹 파인 곳으로 무성하게 돋아난 잡초를 대충 쓰러뜨려 놓고 두툼한 책보를 베개 삼아 그대로 하늘을 향해 드러누웠다. 구멍이 숭숭뚫린 콩잎들 사이로 파란 하늘엔 솜사탕 같은 뭉게구름이 간간이 지나가는 모습이 보였다. 참으로 평화롭고 한가한 시간임을 느껴본다. 그러나 잠시 뒤 학교를 가지 않은 나의 몸은 좀 편안하게 느껴졌지만, 정작 저녁에 집으로 돌아갔을 때 가족들이 다 모여 있는 곳에서 철없는 경배가 큰 소리로 "형아는 낮에 학교도 오지 않고 어딜 갔었어?"라고 물어보기라도 할까 그게 더 걱정되었다. 그보다 정말 더 두려운 건 내일 학교를 갔을 때 친구들과 선생님께서 "너 어제 무엇 때문에 결석했니?"라고 물어보실 텐데 그땐 또 뭐라고 핑계를 대어야 할지 내 맘 구석은 오래도록 편안하질 않았다. 한참 동안 이 생각 저 고민을 하며 누워 있었더니 어느 순간 나도 모르게 잠이 스르르 들어버렸다. 그대로 얼마 동안이나 누워 있었을까. 남의 허락도 없이 다리와 얼굴 위로 기어 올라와 살갗이 따끔거리도록 마구 물어뜯는 몇 마리의 개미 때문에 모처럼 만에 가진 낮잠에서 깨어났다.

바람 한 점 없이 화창한 낮 뜨거운 태양이 우리 마을 앞산과 뒷산 하늘의 중간 지점으로 옮겨 있는 것으로 보아 어느새 오전 시간은 훌쩍 지나간 것으로 짐작이 되었다. 오전엔 나를 시원스럽게 가려주었던 콩잎의 그늘도 한낮의 뜨거운 태양 빛을 견뎌내질 못하고 힘없이 약간 처진 상태였으며 그 틈새로 후끈거리는 따가운 열기가 나에게로까지 발산하고 있었다. 가만히 앉아 생각해보니 혹시라도 내가 잘못될까봐 개미가 살을 적당히 깨물어준 것 같아 그렇게도 고마울 수가 없었다. 이마에선 상당한 양의 땀이 삐질, 눈으로 흘러들어 나를 괴롭혀도 아직은 마을 친구들이 돌아올 시간이 되지 않았기 때문에 나 혼자 겁 없이 큰 냇가로 나가 풍덩거리며 수영을 하고 있을 수도 없는 처지였다. 그 역시 누군가 나를 알아보고서 부모님에게 몰래 일러바치기라도 해서 저녁 때쯤 멋모르고 집안으로 들어섰다가 아버지께 손목을 붙잡히기라도 하면 두 다리가 멀쩡할 리 없기 때문에 절대로 안 될 일이었다. 그렇다고 해서 콩밭의 그늘에서만 종일 있을 순 없었다.

할 수 없이 그곳에서 가까운 야산에 진작부터 나 혼자만 알고 지내던 튼실한 산머루 넝쿨 그늘 속으로 조심스럽게 이동하여 다시 자리를 잡았다. 그리곤 아직 제대로 영글지도 않은 거무스름한 산머루

송이의 알갱이 수를 진절머리가 날 정도로 여러 차례 세고 또 세며 시간을 보내고 있을 때쯤 저 멀리 신작로에서 천천히 걸어오고 있는 우리 동네 아이가 몇 있었다. 그래도 혹시 모르는 일이어서 녀석들이 가까이 다가왔을 때 신원을 확실하게 확인하고 난 뒤에야 나는 안심하고 내려갈 수가 있었다. 하지만 그 아이들과 내가 완벽하게 섞일 때까지는 누군가의 눈에 먼저 띄어선 절대 안 되었다. 이처럼 하교하는 아이들과 어렵게 합류한 나는 계곡의 시원한 물 속에서 신나게 수영을 즐기며 놀았다. 그러다 얼마 후 터덜거리며 신작로를 지나가는 동생 경배를 부른 뒤 "너 오늘 집에 가서 절대로 내가 학교를 빼먹었다는 말을 하면 안 돼. 알았지"하며 단단히 주의를 주었다.

그날 하루 나 혼자 콩밭에서 놀아보니 막상 특별나게 좋을 것도 없다는 사실을 새삼 느끼게 되었다. 다만 학교에서 반복적으로 가르쳤던 반공 교육 덕분에, 만약 북한에서 침투한 무장 간첩이 국내 어딘가에 있다면 종일 이런 식으로 몰래 숨어다니겠구나 싶은 생각이 들었다. 그 무엇보다 다음 날 내가 학교에 갔을 때 내놓을 완벽한 변명 거리를 찾느라 근심 걱정만 한가득 안고 지내게 되었던 복잡한 심경 때문에 앞으론 어떤 불만이 생기더라도 두 번 다시 이런 행동은 하지 않기로 마음을 굳게 먹었다. 물론 그 덕분에 나는 오래도록 잊히지 않는 소중한 추억 하나를 간직하게 되었다. 세월이 흘러 내 나이 쉰을 넘긴 지금 그때의 일을 가만히 떠올려 보면 그 모든 아픔과 어두운 시련들이 나를 일찍 철들게 한 것 같다는 생각이 든다. 지금 나의 행복한 삶은 그때 남들보다 먼저 겪은 시련과 아픔에 대해 하늘이 내게 준 선물이기에 말이다.

깜짝 놀랐다. 나같이 부족한 사람에게 어찌 이런 행운이……. 문학상은 워낙 글을 잘 쓰시는 분들이 응모하신다고 생각해서 일말의 기대조차 안 했는데 제24회 전태일문학상 공모전에서 내가 덜컥 당선되다니 아직도 실감이 나지 않는다. 그 어떤 일보다 기쁘고, 무한한 책임감을 느낀다. 이번 당선으로 인해 그동안 내가 꼭꼭 숨겨왔던 지난 과거를 일부 들춰내야 하는 부담도 없지 않았지만, 우리 집이 남부럽지 않게 잘살았더라면 오늘의 이런 기쁨과 영광도 없으리라 생각하니 부끄럽지만 있는 그대로 말하려 한다. 나는 충청북도 단양에서도 구불거리는 신작로를 차로 한 시간가량 더 들어간 두메산골에서 화전민의 육형제 중 셋째로 태어났다. 어린 시절은 자연을 벗 삼아 맘껏 뛰어놀며 철없이 보냈다. 집안 환경 때문에 나와 위로 두 형은 초등학교밖에 나오질 못했다. 힘든 농사를 비롯하여 집안의 크고 작은 일을 제대로 돌보지 않고 밤낮 술주정으로 허송세월하는 아버지를 미워할 새도 없이 큰형과 함께 대구로 내려간 나는 작은 철공소에 취직하여 일당 천 원짜리 소년 노동자로 기름밥을 먹기 시작했다. 이번 문학상에 당선된 「가리봉 청춘들의 삶」속의 구로공단과 가리봉시장 주변 다세대 주택의 열악한 생활을 직접 경험하기 전에 이미 나는 철공소 공원을 거쳐 신발공장 시다와 음식 배달부 그리고 양봉 농장 조수를 하였다. 다른 글 「학교를 가는 도중 콩밭에서」는 초등학교 생활 일부를 담았다. 우리 집은 너무 가난하여 꼭 필요한 학용품조차 제대로 갖추지 못할 때가 많았다. 그렇지 않아도 부끄러운 마당에 심보가 삐뚤어진 친구에게서 받는 따가운 놀림을 견디다 못한 어느 날 아침 학교도 가지 않고 나 혼자 종일 시간을 보내는 과정을 쓴 글이 「학교를 가는 도중 콩밭에서」이다.

10대 후반이 되었을 무렵 가난을 벗어나겠다고 두 형과 함께 서울로 올라왔고 구로공단이 가까운 가리봉시장 근처에 보금자리를 틀게 되었다. 이곳으로 온 건 형 친구 몇이 이미 몇 년 전에 올라와 자리를 잡고 있어서 일자리를 찾는 건 그리 어렵지 않을 것 같았기 때문이었다. 취직을 하고 난 얼마 후부터 나와 작은형은 일이 끝나는 저녁마다 피곤에 지친 몸으로 3공단 근로자 복지관 3층에 있던 공단 새마을 청소년 학원을 나갔다. 배움에 늘 목말라 하던 큰형이 끈질기게 설득해 당시 미래 인생 설계는 포기하다시피 했던 나와 작은형은 새로운 희망을 가슴에 품고서 야간 학원에 다니게 되었다. 매일 쏟아지는 잠을 참아가며 밤이 깊도록 공부를 하였다. 결국 몇 년 뒤 큰형을 비롯한 우리 형제는 꿈에 그리던 고입과 대입 검정고시에 합격하였다. 사실 나는 아직도 검정고시 출신이라는 것을 철저히 비밀로 하고 있다. 왜냐하면 주변의 동료들이 이상한 시선으로 바라보는 게 부끄럽고 싫어서이다. 약간의 동정과 호기심으로 먼저 접근해온 사람들도 결국 자신의 이익을 꾀할 땐 나를 무시해버리는 경험을 여러 번 했기 때문에 예전 어려서의 순탄치 못한 생활과 상급 학교에 진학하지 못했다는 말을 내 입으로 꺼내기 싫었다. 그러면서 가끔 이력서에는 단양중·고등학교 졸업이라고 거짓말로 작성하여 몇 개 업체에 제출하기도 했지만, 처음부터 고등학교 졸업 증명서를 요구하는 회사는 입사 서류조차 내질 않았다. 그러다 1990년 중반 지금은 이름만 겨우 두 글자 남아 있는 대형 건설회사에서 직업훈련생을 모집할 때 고등학교 졸업 및 동등학력 인정 소유자란 신문광고를 보고서 용기를 내어 지원한 결과 많은 경쟁자에도 불구하고 합격하였다. 그 뒤 몇 개월 동안 성실한 자세로 열심히 신기술을 배우며 터득한 끝에 국가기능사 자격증까지 취득하여 곧바로 그 회사의 정규직 직원이 되었다. 그 당시 내 나이 20대 중반에 배워둔 그 기술 덕분에 지금 밥은 먹고 산다. 화목한 가정도 이루었다. 1987년 말 군대(단기

병)를 다녀와서 구로 3공단에 있던 (주)부흥 생산직 사원으로 다시 재취업하였을 때 받았던 월급이 13~15만 원 정도였다. 그때 누군가 운전기사를 하면 지금보다 배 이상 월급을 받을 수 있다고 해서 과감히 전직을 하였다. 그렇게 하여 불과 몇 달 전 자가용 기사로 근무할 때만 하더라도 50만 원이었던 월급이 갑자기 100만 원으로 껑충 뛰어올랐다. 마치 신분 상승이라도 한 것 같은 기분에, 회사 일이 위험하고 힘들었어도 나름대로 보람이 있다고 느꼈다.

지금까지 내가 평탄하지 못한 삶 속에서도 단 한번 삐뚤어지지 않고 바른 사람으로 살아올 수 있었던 것은 모두 큰형 덕분이라고 생각한다. 나의 부단한 노력도 있었겠지만 당시 구로 제1공단 대한광학(주) 생산직 사원이었던 큰형이 나와 작은형에게 힘과 용기를 심어주며 끝까지 감싸주었기 때문이었다. 나와 두 형이 엄청난 빚더미에 올라앉은 우리 집안을 하루빨리 일으켜 세우고 지긋지긋한 가난을 극복해볼 요량으로 구로공단에 첫발을 내디딘 지 벌써 32년이라는 세월이 흘렀다. 이제 나이 오십이 되었고 많은 시간이 지나가버려서 그때의 일들은 완전히 잊어버린 줄로만 알았다. 그러나 그게 아니었다. 나와 우리 형제에게 좋은 일이 생길 때마다 자꾸만 힘들고 고달팠던 그때의 일들이 떠올라 어느 순간부터 이대로 우리 형제의 역사가 사라져버리는 건 너무 아깝다는 생각이 들었다. 그동안 나는 혹시라도 누가 들여다볼세라 삐뚤거리는 글씨로 글을 써놓는 건 좋아하지 않았다. 하지만 스마트폰에다 미처 정리하지 못한 글을 저장해놓고 시간이 나는 대로 읽어보고 수정할 수 있다는 사실을 알고 난 후론 비교적 짧은 글을 하나씩 써나가는 습관이 생겼다. 이번에 당선된 글도 이런 과정을 반복적으로 거쳤다. 많이 배워서 글 쓰는 재주가 특출한 분이 보기엔 내가 쓴 글이 매우 간단한 것처럼 보일 수도 있겠으나 가방끈이 짧았던 나는 우리말 문장의 앞뒤 순서도 제대로 배열하지 못한 때가 있었다. 그럼에도 나는 역사와 전통이 있는 제24회 전태일문학상 수상자로 당선되었다. 이번에 함께 도전한 분 중에서 99%는 나보다 훨씬 더 많이 배우신 분들일 거라 생각한다. 그러므로 미안하고 죄송하단 틀에 박힌 말 대신 앞으로도 꾸준히 글쓰기에 매진하여 더 좋은 성과를 내겠다는 말씀을 드리고 싶다. 끝으로 부족함이 많은 저의 글을 뽑아주신 제24회 전태일문학상 심사위원과 전태일재단 관계자 여러분께 진심으로 감사드린다.

시의 상상력은 그 무엇으로부터도 자유로워야 한다

예심을 거쳐 본심에 올라온 대상작은 모두 열한 분의 작품이었다. 전체 작품수로 하면 쉰 편쯤 되었다. 자못 설레는 기분을 애써 누르며 대상작들을 펼쳤다. 그런데 참 당황스럽게도 다 읽고 났으나 걸러지는 작품들이 몇 편 되지 않았다. 무얼 잘못 보았나 싶어 아연 긴장하는 마음으로 시들을 되읽어 내려갔다. 자기식 발언을 시로 토해 놓은 경우라도 좋겠다 싶었다. 잠겨 있었던 오감을 다 열어 찬찬히 한 장 한 장 넘겼다. 그리하여 남은 대상이, 정기석의 「혁명적인 1960년대」 외 7편, 박선영의 「세계로마트」 외 3편, 김희원의 「청춘 사용법」 외 6편이었다. 하지만 우리는 이 중 누구에게서도 결정적인 한 방을 발견하지 못했다. 당선작을 내지 못한다고 해야 하나 어쩌나, 고심을 거듭했다.

「혁명적인 1960년대」 등을 쓴 분은 의미와 메시지를 시화하려는 노력은 돋보이나, 장황한 산문투를 더 걸러내어야 할 것으로 보인다. 시적인 문장과 시적인 공간을 먼저 파악할 수 있어야 시가 조직적으로 움직인다. 「세계로마트」 등을 쓴 분의 시적 구성은 비교적 안정적이나 시적 전개에서 참신함이 떨어진다. 기존의 작품들이 다루었던 문제의식에서는 볼 수 없었던 독자적인 발언이 거의 들리지 않는다. 대상과 좀더 세게 부딪혀볼 필요가 있지 않은가 싶다. 「청춘 사용법」 등을 쓴 김희원의 시에는 그만의 호흡이 들어 있어 선자들의 눈길을 잡아끈다. 우리시대 청춘들의 난감한 시대적 허기를 무난하게 시로 풀어내고 있다. 하지만 시적 사유가 고만고만해서 작품들이 서로 튀질 않는다. 생각과 언어가 서로 끌고 밀면서 치열하게 싸워야 시가 새로워진다. 우리는 그중 「新 구석기면」을 당선작으로 내기로 했는데 이 작품의 호소가 조금은 나았기 때문이다. 당선을 계기로 하여, 좀더 구체적이고 생생한 자신만의 캐릭터를 찾아내기 바란다.

전태일 정신의 계승과 발전이 이어지길 바라는 심정으로 당선작을 내는 데 동의하면서도 우리는 곤혹스러움을 감추기 어려웠다. '전태일 정신'이라는 바로 그 무게감이 공모자들을 상당히 압박하여 시들을 한 방향으로 몰아가고 있었던 것이다. 시의 상상력은 그 무엇으로부터도 자유로워야 한다. 그것이 오히려 전태일 정신에 부합한다. 가난이나 노동, 평화, 소시민과 같은 소재의 시들만 전태일 정신을 담는 것은 아니다. 기존의 굴레를 벗고 전혀 새로운 발상의 시적 세계를 구현하는 것이야말로 참다운 전태일 정신이 아닐까 싶다. 그러니 이후의 전태일문학상 공모에서는 낯 뜨거운 실험성도 흔히 발견할 수 있길 기대한다.

예심: 송경동(시인) · 문동만(시인)
본심: 백무산(시인) · 정우영(시인)

구차스러워 보이는 현장이 바로 실존인 작품들

본심에 생활글 5편과 기록문이 한 편, 총 여섯 분의 작품이 올라왔습니다. 생활글 홍원주의 「그날 이후」는 알곤 가스 중독으로 아들을 잃은 아버지의 아픔을 기록한 글인데, 지금 이 순간도 산재로 목숨을 잃는 노동자들과 가족들은 어떻게 견디고 사는지 안타깝고 먹먹합니다. 배인영의 「안부」 또한 크레인 농성 이후 동료를 잃은 슬픔과 안타까움을 본인의 일상과 더불어 담담하게 적어 내려가고 있습니다. 신유현의 「내일을, 내 일을 위한 시간」은 취업을 둘러싼 이 시대 청년들의 아픈 자화상과 함께 사회 변화의 절박성을 보여주며 체제에 농락되지 않으려는 주체적인 의식까지 보여줍니다. 작품들은 한결같이 죽음과 거부와 팽개쳐진 약자와 노동자의 현실적 아픔들이 드러나 언제까지 우리들이 이렇게 살아야만 하겠는지 묻게 만듭니다.

생활글 10편 이상 분량인 백강의 「신성모독」은 노인지하철 택배 체험 한 달의 기록으로 디테일이 풍부하고 정확하여 자료로서의 가치(혹은 학술적 연구 가치)까지 지니고 있는 묵직한 르포르타주였습니다. 고령에도 불구하고 직접 현장체험을 통해 글을 쓴다는 사실만으로도 고무적이고, 끊임없이 우리 사회의 현상과 문제에 대해 책을 읽고 사유하며 고민하는 남다른 미덕이 돋보였습니다. 생활글 장미자의 「사과꽃 내 언니」는 솜씨 좋은 문장과 형상화로 이야기를 끌어가는 실력도 남달라 거의 단편소설을 축약한 것처럼 느껴졌습니다.

　본심에 올라온 위 작품들의 각기 다른 장점과 미덕에도 불구하고, 생활글 이경수의 「가리봉 청춘들의 삶」을 당선작으로 올리는 이유는 우선적으로 소박한 삶의 날것 그대로의 냄새가 배어나오는 질박성과 체험의 구체성 및 진실성 때문입니다. 이 작품에는 1980년대 가리봉 벌집 혹은 닭장집 풍경이 바로 눈앞에 보이듯 잘 묘사되어 있습니다. 도배지, 화장실, 공동 화장실, 부엌문 및 토요일 오거리 정경 등 세부묘사와 이웃의 모습과 공장 노동자들의 활기찬 모습이 활동사진처럼 살아 움직입니다. 누추하되 천하지 않으며, 가난하되 빈곤으로 찌들지 않고, 노동 밖에 낭만과 관계와 사랑과 꿈이 있습니다. 디지털한 문명과 오늘의 노동자들이 잃어버린 풍경을 돋을새김하는 능력은 글 쓰는 이의 소박하고 진솔하며 자신과 비슷한 처지의 이웃의 삶을 사랑하는 태도에서 나왔다고 생각합니다.

　좋은 기록은 미사여구나 감상이 끼여들 여지가 없습니다. 과장도 엄살도 배제하고 미화의 욕구조차 벗어버리고 대상에 핍진하게 다가간 작품은 사람의 마음을 움직입니다. 전태일 정신에 맞는 현실을 보는 치열한 눈과 진실성에 기초해 삶의 구체적인 세목에 대한 구체적인 표현과 형상화가 잘된 작품들이 많이 나오길 기대합니다. 당선과 탈락은 거의 차이가 없습니다. 계속 부딪히고 노력하고 공부하면서 잘못된 사회인습과 제도와 불의한 현실에 투쟁하고 때로 고뇌하는 나와 이웃의 모습을 기록해 나가시길 바랍니다. 이 구차스러워 보이는 현장이 바로 실존인 작품들 말입니다. 그 과정의 끝이 문학적 결실 아닐까요. 고맙습니다.

예심: 최경주(소설가) · 안미선(르포 작가)

본심: 신순애(작가) · 김해자(시인, 르포 작가)

너는 살고 내가 죽었다
—오영자(박선영 열사의 어머니)가 걸어온 길

송기역

송기역 제가 몇 해 전 박선영 열사 생애를 다룬 『저는 열네 살 선영
이에요』(삶창)를 읽었어요. 오늘은 어머니 살아오신 얘길 듣고 싶어
요. 고향이 어디시죠?

오영자 내가 1941년생이고 일본서 태어났어요. 어릴 때 자란 곳은
전남 화순군 춘양면. 우리 애기 아빠는 화순군 도암면이라고 운주사
못 가서 원천리라는 곳이고. 나는 해방되고 바로 부모님하고 싹 나
왔어요. 새벽에 비행기가 폭격을 했어. 그때 우리 오빠가 초등학교
6학년이라데요. 우리 오빠가 폭탄을 맞아부렀어. 집에가 때려져 가
지고. 폭탄에 머리를 맞아 가지고 병원에 입원을 했는데 열 며칠 만
에 돌아가셨다대요. 나도 지금 여가 흉(흉터)이 있어요. 폭탄 흉.

송기역 어머니가요? 진짜 그러네요.

오영자 그렇게 오빠가 돌아가시고 일본놈들 압박받고 안 산다고
3남매를 데리고 나오셔 부렀어.

송기역 아버님이 일본에서 무슨 일하셨어요?

오영자 초등학교를 졸업하시고 어릴 적 몰래 배 타고 일본을 가셨
대. 일본서 나염 찍는 염색공장에서 일했어요. 돈을 벌면 하나도 안
쓰고 다 조선으로 보내셨대. 보내고, 보내고. 그 돈으로 여기서는 논
도 많이 사고. 일본서 착하게 봐 가지고, 거기서 쭉 계셔 가지고, 공

장을 물려받으셨대요.

송기역 형제가 어떻게 돼요?

오영자 큰오빠, 언니, 나, 그다음에 동생. 일본말로 언니는 미오코, 나는 에이코, 동생은 히로시. 우리 오빠는 잊어버렸고.

송기역 귀국해선 어떻게 살았어요?

오영자 우리 아버지가 일본 배에 살림을 싹 싣고 원단을 태산같이 갖고 오셨대. 지금으로 말하면 털실 같은 거.

송기역 아, 원단이 재산이니까요. 일본에서 올 때 몇 살이었어요?

오영자 5살 때인데, 가을철이나 되았나 싶어요. 외삼촌이 배에다 업어서 태우고, 대목 대목 기억이 나요. 조선 오니까 마을에가 경치가 좋아요. 숲에 나무가 쭉 이렇게 있고. 화순 춘양면 회송리에서 살았어요. 우리 집이가 기와집이고 동네 한가운데 있었어.

송기역 그럼 부잣집 딸내미로 유복하게 자랐겠다.

오영자 그렇께. 마을 애들이 검정 물들인 무명 베옷을 입었어. 난 그 옷이 그렇게 부러웠어. 난 비단옷만 입었응게.

송기역 어머니가 더 좋은 옷 입은 거잖아요.

오영자 그래도 친구들 입은 옷이 부러워.

송기역 그럼 아버지는 화순에 와서 뭐하셨어요? 공장을 했어요?

오영자 도매상을 하셨어요. 설탕이나 밀가루 같은 필수품 도매상을 했어. 아버지가 매일 밤마다 그날 번 돈을 시고 그랬어요. 그러고 살았는디 어머니가 내가 7살 때 돌아가셨어요. 갑자기 아프셔서 아픈 지 일주일 만에 돌아가셨어.

송기역 귀국한 지 두 해 만이네요.

오영자 어찌 돌아가셨냐 하믄, 게이도시를 짜시면서 노래를 부르세요, 콧노래를. 실을 짜시면서 눈물을 툭툭 흘리면서 노래를 부르세요. 내가 국민학교 갔다 와도 돌아본 척도 안 하시고 눈물을 흘리고 콧노래를 부르세요. 오빠 죽은 게 슬퍼서. 지금도 일본 절에 (오빠 위패가) 계신다대요. 화병으로 돌아가셨지. 근디 내가 우리 애기(박선영)를 잃고 생각헌 게 뒤늦게 이해가 돼요. 그래 가지고 가셨구나. 그때는 몰랐어요. 어머니가 더 불쌍하더라고요. 그리고 우리 언니는 15세 때 장질부사, 그때는 염병이라 했어, 그게 재취를 해부렀어. 언니가 누워 있는 방에 들어가면 코를 못 들어요. 독한 냄새가 나 가지고. 오빠 그랬제, 어머니 그랬제, 언니 그랬제.

송기역 아버지 재혼하셨겠어요.

오영자 아버지가 우리 치방(남동생)이랑 똑같은 해에 아이를 낳은 재취 엄마를 골랐어. 애기를 데리고 오셨어. 양쪽으로 애기가 젖을 먹어. 자기가 난 놈은 딸이고, 우리 동생은 남자고. 새어머니가 좋으셔요, 아주 좋은 분이셔요.

송기역 학교를 어디까지 다니셨어요?

오영자 근디요 저는 어렸을 때 공부가 하기 싫어요. 그래 갖고 국민학교만 나오고. 중학교 가라고 하는디 가기 싫었어.

송기역 가라고 하는데도 싫었어요?

오영자 우리 아버지가 친척 둘을 대학을 보내줬어. 근디 나는 가라 해도 안 갔어.

송기역 중학교 안 가고 뭘 하고 지냈어요. 하고 싶은 일이 있었어요?

오영자 나는 하고 싶은 것이 미용이었어. 근디 우리 재취 어머니가 밖에 나가면 딸들 베린다고. 양재학원만 보내준다고 하대요. 바느질 학원. 여자들이 바느질을 배우면 얌전한 쪽으로 가는데, 미용하고 그러면 벌렁벌렁 돌아다니며 어여부영 몹쓸 여자 된다고. 우리 엄니가 그렇게 엄했어.

송기역 그러니까 따님 단속을 한 거네.

오영자 그러지요. 옛날에는 영화도 보러 못 가게 했어. 그래서 친구들이랑 약속을 해 갖고 저녁에 도망가서 봤어. 불 딱 끄고, 몰래 담 넘어가서.

송기역 그때 본 영화 중에 기억나는 작품 있어요?

오영자 장화홍련전도 보고, 심청전도 보고.

송기역 걸리면 혼날 건데.

오영자 몰래 허지요. (웃음)

송기역 한 번도 안 걸렸나 보네.

오영자 안 걸려요.

송기역 가서 몰래 남자들 만나고 그런 거 아녀?

오영자 아니. 큰일 나지라. 동네 총각들하고 말도 안 해요.

송기역 양재 배워서 의상실이나 회사 들어가진 않았을 것 같고, 한마디로 신부 수업을 하신 거네요.

오영자 예. 여자로서 바느질을 할 줄 알아야 하고, 가정 살림에 도움이 된다 해서.

송기역 시집은 언제 가셨어요?

오영자 스무 살에 결혼했어요. 설 쇠고 음력 정월달에 결혼해 갖고 1년 동안 시댁에 안 가고 친정에 가 있었어요.

송기역 얼마나 있다 갔어요?

오영자 1년.

송기역 왜 그렇게 했어요?

오영자 좀 밥술이나 먹고 산다는 집들은 대개 그랬어요. 결혼해 가지고 인자 신랑이 신부 집에 가 일주일을 있어요. 그러고 자기 혼자 돌아가서 1년 동안 대기를 해요. 그걸 보고 믹힌다 해요.

송기역 농사하는 집안과 결혼했어요?

오영자 부모님은 농사지시고 신랑 되는 분은 교사였어요. 광주사범대 2회생이어요. 과학과.

송기역 시집살이는 할 만하셨어요?

오영자 아이고, 할머니 계시지, 할아버지 계시지, 시어머니, 시아버지, 거기다가 6남매 장손이여. 식구가 열하나.

송기역 아이고, 건사하느라 힘드셨겠네.

오영자 그런데 인제 가난해요, 시댁이. 신랑 하나 보고 시집을 갔는디. 그래 가지고 3남 2녀를 낳았어요. 첫째 딸이 화진, 두 번째는 아들 종욱이, 지금 교사예요. 그리고 세 번째는 우리 선영이, 네 번째는 의석이, 다섯 번째는 영석이. 다섯째는 딸 낳을라고 낳았더니 아들이 나왔어.

송기역 딸 둘도 모자랐어요? 그땐 아들 선호하잖아. 아버님이 딸을 좋아했구만.

오영자 응. 딸 셋 만든다고. 나도 딸을 좋아하고. 제가 우리 언니 돌아가시고 그러니까 여자 형제가 많은 것이 좋습디다. 딸들이 좀 이뻤어. 착했어요. 안 성가시고 곱고 착하니까. 그러니까 딸을 더 선호를 했죠. 우리 애기들은 순해요. 생전 먹을 것을 서로 먹으라 하제. 더 먹을라 안 허고. 싸우는 것을 못 봤어요.

송기역 따님(박선영 열사)은 어릴 때 성격이 어땠어요? 조용한 편이었어요, 활발한 편이었어요?

오영자 우리 선영이가 말을 이쁘게 해요. 말이 그렇게 이뻐요. 선영이 3살 때 우리 외숙모가 자식 다섯을 화재로 잃었어. 그래서 남은 아들 서이가 우리 집에 와서 선영이를 데려갔어. 외숙모한테 할머니, 할머니 내가 춤을 출 것잉께 나를 보라고, 춤을 추고 노래를 하고 이쁜 짓을 하는 거여. 할머니가 울고 있응께 위로를 시킬라고. 한 달 있응께 애기를 도로 데려왔더라고. 애기가 불쌍해서 못 보겠더래, 위로 시킨다고 재롱부리는 것이 안타까워서 안 되겠다고 데려오셨어. 말을 그렇게 이쁘게 해요. 내가 속았지. 선영인 내 자식이 아닌 것을. 서울로 대학 가고서도 집에 온다 말도 안 하고 엄마~ 저기서 엄마, 이러고 와. 모션이 그렇게 이뻐요. 말이 애교스러워. 즈그 언니 화진이하고 자취를 했는데, 엄마 선영이가 애교가 많아서 나는 너무 간지러워. 보는 사람마다 안 이쁜 사람이 없어, 말하자면 애교가 넘쳐.

송기역 난리가 나는구나. 어머니가 애교가 있었을 것 같아요. 거기서 내려온 거겠죠.

오영자 내가 그런다고 말을 많이 들었어요. 내가 친정에서 어릴 때 부유하게 자라서 명랑했어. 영자는 무쇠도 녹여서 산다고 했어. 녹여부러.

송기역 공부도 매우 잘했잖아요.

오영자 예. 항상 전체 1등을 항께. 우리 선영이도 애당초엔 아부지가 대학을 안 보낼라고 했지. 근데 언니가 서울 가 있으니까 인자 지가 데리고 가르칠란다고. 화진이는 고등학교만 졸업했어요. 대한보증보험회사 대리로 있었어요.

송기역 언니가 그렇게 나선 거예요?

오영자 언니가 착해. 애기들이 다 착해. 선영이가 전남여고 다닐 때 우린 1등을 허지 말라고 했거든. 왜냐면 밑으로 동생들 있어 돈이 들고 뒷바라지를 해야 헝께. 근디 전체 1등을 해. 어릴 때부터 책임감이 강해.

송기역 아버지가 그렇게 교육시켰나 보다.

오영자 아이고, 아이고.

송기역 어머니 표정이…….

오영자 아이고, 아버지가 엄격했어요. 가부장이여. 5남매를 딱 앉혀놓고 인간이 먼저 되어라, 그러고 가르치셨어. 그래도 맘이 좋으신께, 고우신께.

송기역 교사인 아버지는 엄격하게 자녀교육을 하시고, 어머니는 애들 돌보고 했네요.

오영자 나는 무조건 돌봐주고, 멕이고, 입히고, 따독거리고. 난 엄마가 어려서 돌아가셔 가지고, 엄마 보고 싶은 마음이 지금도 있고. 시집살이도 심해 갖고 자식들밖에 모르고 살았어.

송기역 따님이 명랑한 성격이라 친구가 많았겠어요.

오영자 고3이 돼서 도시락을 점심 갖다 주고, 저녁 갖다 주고, 야참 갖다 주고 세 번을 가. 엄마 반찬 좀 많이 넣어요. 왜? 학교 가면 시골서 온 애기들 같이 먹을라고 그래요. 시골서 자취하는 애기들이 선영이 오기만을 기다리고 있어. 선영이 죽고 유병림이라고 걔가 그래. "엄마, 나는 선영이 땜에 대학엘 갔어요." 그래서 "어떻게 선영이 땜시 갔냐?" 동생들 많아 못 갈 것인디 선영이가 간호학과를 지망을 해라, 낙도를 간다고 해라, 그리 간다 하믄 학자금이 나온대요. 그래서 선영이 땜에 대학을 갔어요. 그래 갖고 전남대 간호학과 다니고 첫 발령을 낙도를 갔어요. 학교 양호교사를 갔더만. 촌에 부모 없고 중학교 못 간 애들이 많아. 초등학교 다닐 때부터 그런 애들허고 항상 편지가 왔다 갔다 해. 사랑이 많아.

송기역 따님 떠나고 언제부터 유가협 활동을 하셨어요?

오영자 선영이가 가불고 낭께 암만해도 죽고 자픈디 죽을 수도 없어. 말하자면, 선영이 죽음이 자살이라 안 허요, 시중에서는. 엄마랑 딸 둘이 다 자살이란 말을 못 들겄어. 그래서 그냥 데모하다 죽을라꼬. 선영이는 어릴 때부터 옳은 일만 헌 애잉께 걔가 허던 데모하다 죽을라꼬 했제. 민주화운동인 줄도 모르고. 우리 애기 묻고 내가 가족회의를 하자고 했어. 가족들 싹 모여가 내가 요랬어. 지금부터 선영이는 살고 나는 죽었다. 선영이는 살았응께 선영이가 허던 데모를 내가 할란다. 나는 죽었응께 인자 도저히 밥만 하는 엄마로 못 살겄다. 나는 데모를 해야겄다.

송기역 그러니까 가족들이 뭐라고 해요?

오영자 그렁께 다 울음바다가 되어버렸제. 그래 갖고 아버지가 그래. 죽지만 말고 살아라. 하고 자픈 대로 허고 살기만 하라고.

송기역 어떻게 데모를 시작했어요? 방법을 알아야 데모도 하는 거 아니에요.

오영자 그전에 2월 한 달은 선영이 사주를 보러 다녔어. 죽어뿐는디.

송기역 왜 사주를 보러 가요?

오영자 우리 선영이는 생전 사주가 좋다요. 근디 왜 죽었냐 이거요. 암만 내가 생각해도 안 죽었어라. 어디서 살아가고 있어. 사주를 인자 길거리서도 보고 점쟁이도 찾아가고, 그런 데 가서 우리 선영이 사주를 딱 넣으면 안 죽었어. 안 죽고 그해에 유학 갈 사주라고. 명이 길겠다고 검은 머리가 파뿌리가 되겠다고 그래. 뭔 딸이 이렇게 사주가 좋냐고 가는 디마다 그래.

송기역 사주를 몇 군데나 봤어요?

오영자 여덟 번을 봤는가, 일곱 번을 봤는가.

송기역 그렇게 많이 봤어요?

오영자 다 똑같이 나와. 그래서 아이고 사주도 못 쓰겄고, 인자 서울로 찾으러 갔어. 선영이 찾으러. 종로고 대학로고 많이 헤맸어. 선영이하고 똑같으면 델꼬 올라고 갔는디 없어. 근디 없으니 어쩔 것이여. 그래 갖고 인자 집으로 왔어.

송기역 서울 아무 데나 막 돌아댕겼고만요. 데모는 어떻게 시작하셨어요?

오영자 데모를 헐 줄을 몰라. 그때께는 무조건 전대를 갔어. 오후 되면 정문 앞에서 데모를 한께. 매일 해분께 무조건 갔지요.

송기역 대학생들하고 같이하는 거예요?

오영자 예. 긍께 따라댕겨. 학생들 데모하는 데를. 전경들이 데모하는 애들 잡아다가 막 두들기고 그러드만. 그러면 난 무조건 뛰어가, "너 미쳤냐. 어째서 요러고 데모를 하고 댕기냐? 너 찾으러 왔는디 여가 있네." 엄마인 척하고 뺏어와. 긍께 학생들이 날 다 알아버렸제.

송기역 학생들이 보면 어른이 있으니까 눈에 띌 거 아니에요. 학생들이 뭐라고 얘기를 걸었을 것 같은데.

오영자 하도 같이 댕기고 밤늦게까지 최루탄 맞고 다니까. 전남대학교 여학생회장이 물읍디다. 어머니, 무슨 사연이 있으시냐고, 알고 싶다고. 그래서 말을 했죠. 그래 가지고 전대 여성 회의실 같이 가고. 그러고 나선 같이 어울려불제. 동지가 되어부렀어. 최루탄 맞고 같이 숨어 댕기고.

송기역 유가협 활동은 어떻게 시작하게 됐어요?

오영자 그러다가 광주 민가협에 안성례 회장이라고 그 양반한테 전화가 왔어. 한열이 엄마하고 나하고 오라 그래. 와이더블유시에이(YWCA)에서 점심 먹으면서 위로를 주시더만. 그때께는 광주 민가협이랑 같이했어. 그러고 5·18 정수만 회장 만나 갖고 5·18 유가족들허고 만나게 되아. 데모를 그 양반들이 함께. 그래 갖고 다니면서 언제 뭔 데모가 있다고 하면은 그리 가고. 유가협은 민가협에서 추진해줘 갖고 갔제. 그래 갖고 이소선 어머니를 알게 되았어. 첨엔 어머니가 선영이를 몰라. 사진을 보고 어머, 이것이 선영이냐고. 어머니에게 순대도 요만큼 사다 드리고 쪽지도 적어놓고 갔다드만. 이름을 생전 말을 안 하니께 몰랐다고. 얼굴 보고 알아. 그래 가지고 종철이 아버지하고 불쌍하다고 다 챙겨. 그래 가지고 그 뒤로부터는 광주서도 했지만 무조건 서울로 가.

송기역 유가협 활동을 그렇게 시작하게 됐고, 유가협에서 가장 가깝게 지낸 분이 누구예요?

오영자 젤로 가깝게 활동한 양반이 우혁이 아버지(최봉규)라고, 돌아가셨어. 그리고 종철이 아버지, 이소선 어머니.

송기역 유가협 활동하면서 기억에 남는 것 있으면 들려주세요. 제가 보니까 오영자 어머니가 많이 싸웠더만. 감옥에 가신 게 88년도인가요?

오영자 88년도 11월 13일 날 전태일 추모제허고, 연세대 가서 집회허고, 그리고 밤에 늦게 끝났어. 다음날 김성수 어머니가 강원도 학생들이 국가보안법으로 서울구치소를 갔는데 그 재판 방청을 하자고 해서 갔는디, 판사가 정상학이야. 공안 검사, 유명허니 나쁜 놈이여. 그놈이 판결을 해.

송기역 누구랑 같이 갔어요?

오영자 유가협에서 여러 명이 갔어. 의문사 유가족들이랑 갔는디 애기들이 재판을 거부하고 구호를 외치고 퇴장을 해부렀어. 그랬는디 정상학이가 실형을 때려부러. 내가 방청석에서 딱 일어나서 "전두환 구속시키지 양심수 실형이 웬 말이냐" 악을 썼어. 그랬더니 판사가, "나와!" 그러드라고. 그것이 무서워서 못 나가? 나갔제. 그랬더니 방청석이 너도나도 시끌시끌했어. 판사가 나오라서 나강께 없어져 부렀어. 판사가 나오는 구녕으로 들어가 부렀어. 숨어 버렸어. 암튼 들어강께 없어. 판사 명패인가를 내가 쳤제. 서기가 뭘 쓰고 있데. 휴지만도 못한 거 뺏어 갖고 찢어 부렀어. 순식간에 찢어 갖고 뿌려 버렸제. 순식간이라 말리지도 못해.

송기역 판사한테 뭐라고 외치셨어요?

오영자 당신 자식들한테 아부지가 어떤 행동을 해 갖고 돈 벌어서 느그들 가르친다고 말을 해라, 그랬어. 죄 없는 우리 공안사범들 데려다가 재판해 갖고 돈 벌어묵는다고 말해라. 판사한테 그 얘길 했당께.

송기역 그 후로는 어떻게 됐어요?

오영자 수라장이 나분께 휴정을 했어. 재판을 못 해불고 오후로 옮겼어. 재판이 없다고 다 가라 했어. 틀림없이 우리 가불면 재판한다, 그래 갖고 우리는 안 가고 앉았응께 법원에서 우리를 밥 사준다 허데. 그래서 따라 나갔어. 나가니까 닭장차에다 졸졸 태워부러. 밥 안 사주고. 그래 갖고 난지도로 가데. 아이고, 우리 내려주라니께 잡것들이 안 내려주데. 그러고 남대문경찰서 보호실에 가둬.

송기역 그때 실형 받으셨어요?

오영자 실형 받았지. 나하고 임분이하고. 그래 갖고 유치장에 들어갔는데 반성문 쓰라고 하더만. 반성문 쓸 일이 없다고 안 썼어. 그래서 딱 찍혀 갖고. 임분이는 뭐라고 했냐면, 너 (법정 서류) 찢었냐, 우리는 다 안 찢었다 했는데 임분이는 그래, 화장지만도 못한 거 찢으면 어떠냐. 그 말 한마디가 걸려버렸어. 나는 찢었다고 판단을 했고. 둘이가 감옥을 갔어. 내가 반성문을 안   께 즈그가 써주마 그래. 나는 알아서 해라, 나는 모른다, 나는 쓸 일이 없다. 인자 즈그들이 써갖고 왔어, 반성문을. 봉께, 김일성을 찬양하고 어쩌고 엉뚱하게 써났어. 나보고 지장을 찍으라 해. 나는 지장을 쓴 사람이 찍어야제 안 쓴 내가 왜 찍냐, 안 찍었어. 그랬더니 반성 의지가 없다고 구치소 보내, 그러더라.

송기역 서울구치소에 수감되셨죠?

오영자 응. 나는 혼자 독방에 놓아두고 임분이는 셋이 있는 데다 놓아두고. 한 번은 목욕을 하러 갔는디 20분인가 10분인가 하여튼 물에 들어갔다가 금방 나와야 돼. 비누질이나 포도시 할까 그래. 근디 교도관이 빨리 나오라고 야단이여. 그래서 옷을 안 입고 나가부렀어, 알몸으로.

송기역 정말요?

오영자 나가 갖고 나 소장 면담하러 갈란다. 도저히 요 시간 갖고는 나는 목욕 못 허겠응께 요대로 알몸으로 소장 면담 갈란다. 니놈들이 실험을 해봐라. 니놈들이 먼저 그 시간에 해보고 헐 수 있는가를 따져 봐라. 엄메, 교도관이 싹싹 빌면서 어무니 왜 그냐고 그래. 교도관들이 떼거리로 다 와부렀어.

송기역 어머니가 교도소에서 온몸으로 투쟁해부렀네. 출소는 어디에서 하셨어요?

오영자 순천. 구속될 때는 서울교도소에 있다가 1심 선고를 받고 순천 이감 보냈지. 항소해 갖고 한 달인가 얼만가 남았는디 순천으로 보냈어. 88년도 노태우가 대통령 되고 1월이든가 3월이든가 양심수 전원 석방을 했어. 했는데 임분이하고 나하고는 석방을 안 해. 왜 그러냐면 법정소란죄라 양심수가 아니여.

송기역 어머니 강경대 재판 때는 수배 생활 오래 하셨죠?

오영자 래군이하고 미경이(유가협 간사). 두 사람한테 민주화운동을 많이 배웠어. 인생을 배워버렸어. 최고 존경을 했지. 3년 수배 댕기는 동안 뒷수발 많이 했제.

송기역 어떻게 3년 동안 안 잡혔어요?

오영자 그것이 등잔 밑이 어두워. 91년도 그날 재판 방청을 하고 병원 입원실로 오는디, '오영자 긴급수배' 하고 방송이 나와. 누가 왔냐면 우리 추모사업회 양영식 사무장이 왔어. 그래 가지고 어디로 델고 갔냐면 민가협 임길환 회장님 안 있는가. 사당동 그 집에를 갔어. 이틀 밤 자고 오래 있으면 못 쓴다고 또 피신을 했어.

송기역 옮길 때마다 정미경 간사가 같이 이동을 했어요?

오영자 응. 대구 우종원이 어머니 집으로 피신하는데, 엄마 여기(서울역 광장) 계시면 누군가가 올 거예요. 가장을 해 갖고 보따리 하나 들고 거기 가 서 있었어. 선글라스 쓰고 모자도 쓰고 보따리 하나 들고 옷차림도 야하게 입고. 영화가 있어. 눈보라가 휘날리는 옛날 영화가 있어. 그 영화 한 장면이 되어버렸어. 광장에 섰응께 저 먼 데서 미경이가 오데. 그래서 미경이 궁뎅이만 따라갔지. 경부선으로 가드라고. 어딘지도 모르고 표 내고 나가제. 개찰허고 나가는디 유가족 서넛이 거기 서서 울어싸. 손도 못 잡아보고.

송기역 그래서 대구에 피신해 있었어요?

오영자 우종원 어머니 집 있어, 아파트. 거기서 전화도 못 받고 완전히 갇혀 갖고 있지. 거기서 20일을 있었는디 추석이 돼. 추석이 되니 가족들이 다 와. 딸이고 사위고. 긍께 내가 거기 못 있겠어, 마음이 괴로워. 그러자 서울서 래군이랑 미경이랑 등잔 밑이 어둡다, 유가협으로 데려오자. 그래 갖고 밤에 델러 와서 유가협으로 갔어. 그게 91년 추석. 그때 한울삶으로 왔는디 한울삶에도 오래 있으면 안 된다고 해서 청량리역 근처에 사는 딸 집으로 나를 보냈어, 밤에. 근데 경찰서에서 형사들이 알아 갖고, 낮에 와 갖고 초인종을 누르고 야단이 나부렀어. 그래서 다락으로 숨었지. 아파트에 다락이 쪼그만 게 있드만. 거가 숨어 갖고 벌벌 떨고 있응께 저녁에 딸이 왔드만. 그래 갖고 누구 집으로 갔냐면 이소선 어머니 딸 집으로 갔어. 막내 순덕이네 집. 근디 내가 못 있겠어. 그래서 나 안 되겠다고 자수해 불란다 했더니 래군이가 유가협으로 데리고 왔어. 유가협에 가서 낮에는 다락에 가 있고, 밤에는 내려오고. 다 퇴근해불고 그러면 내려와.

송기역 또 어디로 피신했어요?

오영자 거가 있다가 설에 광주 우리 작은집에 왔어. 거기 있는디 옆집에서 신고를 했어.

송기역 형사들이 오면 신고하라고 미리 얘기해 놓았구나.

오영자 경찰이 찾아와 갖고 초인종을 누르데. 요러구 봉께 형사여. 살금살금 가서 다락방에, 층계 두 개가 있는 데 숨었어. 저녁까지 숨어 버렸지. 식구들이 오고 나서 저녁에 보초를 서 갖고 서울로 도망을 갔지.

송기역 유가협 활동한 세월 동안 기억나는 사람 있어요?

오영자 우리 사무국장 박제민. 엄마가 밥만 줘 갖고 돼지 됐다고 그래. 많이 묵으라고 준께. 유가협에 누가 올지를 몰라. 긍께 밥통에 항상 밥이 안 떨어져야 해.

송기역 어머니, 그동안 살아온 세월 돌이켜볼 때 후회는 없어요?

오영자 후회는 없어. 내가 지금 죽어도 후회는 없어.

송기역 따님 하던 데모 계속 해왔으니까.

오영자 잉. 자식한테 떳떳해. 선영이한테 떳떳해.

송기역 어머니처럼 했으면 됐지. 더 어떻게 해. 건강은 어떠세요?

오영자 역류성 후두염도 있고, 목 디스크가 심해 갖고 살이 다 빠졌어. 몸이 삐뚤어지고. 몸이 성한 데가 없어.

송기역 어머니, 몸 많이 돌보고 잘 챙기세요. 긴 얘기 들려주셔서 고맙습니다.

송기역 │ 제2회 르포작가이고 시인이다. 제15회 전태일문학상을 수상했다. 그동안 펴낸 책으로 『유월의 아버지』, 『너의 사랑 나의 투쟁』, 『흐르는 강물처럼』, 『옛길에서 사람 그리고 보부상을 만나다』, 『사랑 때문이다』, 『별이 된 택시운전사』, 『달려라 할머니』, 『하이힐을 꺾다』 등이 있다. 그리고 『416 단원고 약전』, 『국가를 생각하다』, 『섬과 섬을 잇다』, 『숨은 노동 찾기』(기획), 『이따위 불평등』, 『그대, 강정』 등을 함께 썼다.

〈 올해의 르포르타주 2 〉

안녕들 하십니까
—정문 밖의 청년들, 태우와 점환이 이야기

서분숙

"……저는 다만 묻고 싶습니다. 안녕하시냐고요. 별 탈 없이 살고 계시냐
고요. 남의 일이라 외면해도 별 탈 없이 살고 계시냐고요. 남의 일이라 외
면해도 문제없으신가. 혹시 '정치적 무관심'이란 자기 합리화 뒤로 물러
나 계신 건 아닌지 여쭐 뿐입니다. 만일 안녕하지 못하다면 소리쳐 외치
지 않을 수 없을 겁니다. 그것이 무슨 내용이든지 말입니다. 그래서 마지
막으로 묻고 싶습니다. 모두 안녕들 하십니까!" — 2013년 고려대 대자보
〈안녕들 하십니까〉 중

2013년 12월 10일, 고려 대학교 안에 대자보가 붙었다. 매직글씨
로 써내려간 글의 첫마디는 〈안녕들 하십니까?〉였다. 대자보가 붙기
하루 전에는 철도 노동자 4,123명이 직위해제 당하는 일이 일어났
다. 이 사태를 두고 '과거 전태일 청년이 스스로 몸에 불을 놓아 치켜
들었던 노동법에도 파업권이 없어질지 모르겠습니다'라는 글이 대
자보에 담겨 있다. 국가 기관의 선거개입, 밀양과 청도의 송전탑 건
설과 그로 인한 주민의 자살을 돌이켜보는 글을 써내려 가는 동안에
도 글속 화자는 여러 번 '모두들 안녕하신지', '안녕하시냐고요', '별
탈 없이 살고계시냐'며 '안녕'을 묻는 물음을 던진다. 만일 안녕하지
못하다면 소리쳐 외치지 않을 수 없을 거라던 대자보 글의 마지막

예언은 정확히 들어맞았다. 전국 곳곳에서 다시 '안녕들 하십니까'라는 물음을 던지는 대자보가 붙기 시작했다. 대학교에도, 길가에도, 고등학교 안에까지 내붙은 대자보에는 모두 '안녕'을 묻는 글들이 실려 있었다.

2013년 12월, 경남대학교에 '안녕'을 묻는 물음에 대해 '아니오, 안녕하지 못합니다'라는 답글이 붙었다. 사회학 학생인 윤태우가 붙인 대자보였다. 이후 그는 '안녕치 못한 사람들'과의 소통을 이어나갔다. 페이스 북에서뿐만 아니라 직접 만나서 그들은 서로가 안녕하지 못한 이유를 이야기 나눴다. 경남대학교 안에 처음 대자보를 붙인 지 1년이 지난 후 태우는 한 신문사와의 인터뷰에서 여전히 '안녕하지 못하다'고 했다.

"여전히 취업의 압박에서 벗어나지 못하고 있다. 강의실에서도 도서관에서도 경쟁을 한다. 학기 중에는 자취를 하는데, 집값이 너무 비싸서 방음도 되지 않는 집에서 산다. 세 명 정도 누우면 꽉 차는 조그만 방이다. 알바를 해도 쥐꼬리만한 시급을 받는다. 친구들은 등록금을 마련하느라 방학 내내 아르바이트를 한다. 학자금 대출을 하는 빚쟁이도 많다. 삶이 팍팍하니 연애에 대한 부담이 예전보다 커졌다. 이전과 비교해 안녕해진건 아니지만 안녕에 대해 고민을 했고 각자가 안녕하지 못하다는 것을 알게 됐다." — 〈경남도민일보〉 2014년 12월 15일

2016년 4월, 안녕들 하십니까

2016년 봄. 태우를 만난 곳은 현대중공업 정문 앞이었다. 가득 핀 벚꽃이 하늘을 가린 아침이었다. 새벽 6시 반부터 이어진 태우의 일인시위는 현대 중공업 노동자들의 출근이 거의 끝나갈 무렵인 아침 8시가 가까워서야 끝이 났다.

2년 전인 2014년에 '아니오, 안녕하지 못합니다'라고 답하던 대학생은 어느새 〈울산저널〉 신문사의 기자가 되어 있었다. 그러나 그는 취재 중이 아니라 시위 중이었다. '해고철회', '고소철회'. 그가 들고 있는 피켓에 쓰여져 있는 글씨다. 그는 여전히 안녕하지 못한 듯하다. 도대체 그에게는 무슨 일이 일어나고 있는 걸까?

태우와 함께 아침식사를 마치고 들른 곳은 현대중공업 사내하청지회 사무실이었다. 도로를 사이에 두고 건너편으로는 미포만을 마주하고 있는 사무실이다. 건너편 바다 앞으로 지어진 공장이 현대중공업이다.

그 숫자가 너무 많아 몇 명인지 파악조차 어렵다지만 대략 3만 명은 족히 넘는 노동자들이 현대중공업 공장 안에서 비정규직 노동자로 일하고 있다. 근속 기간 1년을 채우기가 힘이 들 만큼 하루에도 수많은 공장들이 폐업을 하고 공장수보다 몇 백 배 많은 노동자들이 일자리를 잃는다. 4월달만 해도 3명, 1, 2월에도 2명의 노동자가 산재사고로 죽었다. 열악한 하청노동자들의 삶은 실업에 이어 죽음에도 고스란히 노출되어 있다.

불과 한두 달 전까지만 하더라도 태우는 현대중공업 하청노동자들의 삶을 취재하고 기사를 쓰던 기자였다. 그러나 그는 이제 해고노동자가 되었다. 현대중공업 사내하청 노동조합 사무실은 울산해고자협의회(울해협)의 사무실이기도 하다. 해고된 후 태우가 자주 들르는 곳이다.

"저는 평소에 운동에 공감을 많이 했어요. 고등학생 때도 〈한겨레21〉 이런 걸 봤어요. 체제에 대한 반발심, 이런 게 있었어요. 한미 FTA 반대 이런 큰 집회도 자주 봤고요. 앞으로 이 사회에서 살 건데 시민단체 하나 정도는 후원하고 살자, 그러면 이 사회가 관계망을 형성하면서 더 나은 방향으로 나갈 수 있겠다, 이런 생각을 했죠."

경기도에서 고등학교를 다닌 태우는 대학에 가서 문학과 철학, 사회학, 심리학을 공부하고 싶었다. 이런 학문을 배울 수 있는 강의가 개설되어 있다는 것이 집에서 멀리 떨어진 경남 창원에 있는 대학교로 진학한 이유 중 하나이기도 했다. 그러나 태우가 대학을 입학하던 2013년에는 인문대학과 사회대학 계열의 전공과목들이 대학교 안에서 점점 사라지고 있었다. 학생들과 대학 구성원들의 동의도 없이 일어나는 학과 구조조정을 겪으며 태우의 꿈도 달라졌다. 심리학을 공부해서 임상 심리사가 되고 싶었던 태우는 사람들의 아픈 마음을 치료하는 일보다 애초 아픔이 일어나지 않는 사회를 만드는 일이 우선이라는 생각을 했다.

2013년은 태우가 다니던 대학교만이 아니라 많은 대학교에서 학과 구조조정이 있었다. 다른 학교 학생들을 경남대학교로 초청해서 간담회를 열기도 하고 예술대학 인문대학 등에서 폐과가 일어나고 있는 다른 학교로 찾아가 함께 토론을 했다. 무엇이 문제인가. 수많은 토론회에서 쌓인 성과를 국회로 가져가서 발제를 했다. 하고 싶은 공부를 원 없이 하고 싶어 부모님의 반대에도 불구하고 멀리 있는 대학까지 찾아왔지만 정작 공부에 열중하기보다는 하고 싶은 학문이 대학교 안에서 사라지지 않도록 지키는 일이 급했다. 그렇게 신입생인 1학년이 끝날 무렵 '안녕들 하십니까' 대자보의 열풍이 불어왔다.

2013년 '안녕들 하십니까'라는 물음에 '아니오, 안녕하지 못합니다'라고 답했던 대학 신입생 태우는 여전히 안녕하지 못한 2014년을 지나 2015년 〈울산저널〉의 기자가 되었다. 언론노조에 가입했고 민주노총 소속의 노동자가 되었다. 그리고 2016년 3월, 〈울산저널〉에서 해고되었다. 회사의 경영진 두 명은 그를 고소했다. 고소철회와 해고철회를 위해 이른 아침 피켓을 들고 있는 그는 여전히 안녕하지 못하다. 나무들은 때가 되면 꽃을 피우지만 여전히 몇 년째 안녕하지 못한 청춘. 그는 왜 여전히 안녕하지 못한 걸까.

술을 한잔 마시면 제 마음이 먹먹한 거예요

점환은 올해 스물일곱 살의 노동자다. 일주일에 서너 번은 태우와 함께 현대 자동차 출입문 앞에서 시위를 한다. 태우와 점환은 기자와 취재원으로 처음 만났다. 그러나 이제는 모두 해고 노동자다. 태우는 더이상 취재를 하지 못한다. 점환이도 더이상 공장 안에서 자동차를 만들지 못한다. 스물네 살, 스물일곱 살. 이 나이가 얼마나 아름다운 나이인 줄 알고나 있을까. 봄날인데도 꽃피는 것조차 볼 새도 없이 하루하루가 꽃잎처럼 지고 있다. 점환이와 태우는 자신들이 지금 저 꽃들처럼 한창 화려한 때라는 걸 알고나 있을까?

"같이 일하는 형님이 출근하다가 오토바이 사고가 났어요. 뼈가 보일 정도로 다리를 다쳐서 계장을 불렀는데 갑자기 계장이 나오지 마라 이러는 거예요. 제 공정에 촉탁직이 5명 있거든요. 갑자기 나가라 이러는 거예요. 아예. 산재처리 해줄 수도 있는데, 우리가 기간제라 하더라도 근로기준법이나 그런 게 있는데 제대로 잘 안 지켜져요. 그래서 그 형님이 사정사정 해가지고 무릎 꿇어 가면서 울고불고 사정해서 겨우 일하게 된 거예요. 화가 엄청나요. 왜 저렇게 해야 하나."

점환이는 고등학교를 졸업하고 공장에 다녔다. 대구 인근의 공장에 다니다가 친척의 소개로 현대 자동차 안에 촉탁직 노동자로 입사한 때가 2013년이다. 공장에서는 촉탁직 노동자가 일을 하다가 다치면 그냥 내보내는 일이 허다했다.

2015년 1월에 해고되기 전까지 점환이는 23개월 동안 16번의 계약서를 썼다. 그렇게 많은 계약서를 쓰면서도 '열심히 일하면 정규직이 될 수 있다'던 공장 관리자의 말을 믿었다. 2년간 연차 한 번 쓰지 않고 정말 열심히 일했다. 그러나 정규직 전환 시점 한 달을 앞둔 어느 날, 점환이는 나사처럼 풀려져 공장 밖으로 버려졌다. 점환이 말처럼 스스로가 '자동자 부품만도 못한' 존재라고 여겨진 날이었다. 자신의 삶에서 이런 날이 올 줄 몰랐다는 점환이는 해고된 2015년 봄부터 자신이 일하던 현대 자동차 공장 정문 앞에서 일인 시위를 시작했다. 올해 4월 14일이 일인 시위 1년째 되는 날이다.

"젊은 청년들을 무분별하게 쓰고 버리는 일들이 다시는 없어야 한다고 생각합니다." 지난해 일인 시위를 시작하던 날에 현대 자동차 정문 앞에서 그가 사람들 앞에서 한 말이다. 그러나 그가 일인 시위를 이어가는 1년 동안에도 현대 자동차 공장 안에는 비정규직 노동자뿐만 아니라 촉탁직 노동자 2천여 명이 잘려나가고 또 새로 채워졌다.

열심히 일하면 정규직이 될 수 있다는 말, 점환은 그 말을 '희망고문'이라고 표현한다. 정규직이 되고 싶었고 그 간절함만큼이나 그는 열심히 일했다. 희망이 무너지면 때로는 사람도 무너진다.

2013년 4월 14일, 현대 자동차에서 일하던 한 젊은 노동자가 스스로 목숨을 끊었다. 그의 아버지는 34년을 현대 자동차에서 일하다가 퇴직한 노동자였다. 죽은 아들은 2013년 1월, 다니던 현대 자동차로부터 더 이상 출근하지 말라는 통보를 받았다. 아들은 현대차가 한시적으로 고용한 촉탁직 노동자였다. 촉탁직으로 계약하기 이전에는 1년 7개월 동안 현대차 사내하청 노동자로 일했다. 사내하청 공장에서 일한 기간이 2년이 다 되어가자 현대차는 그에게 정규직 채용 때 유리할 테니 촉탁직 노동자로 일하라고 했다. 파견노동이 불법이라고 대법원에서 판결나면서 사내하청 노동자들의 정규직 전환 요구에 부담을 느낀 회사는 하청 노동자들에게 촉탁직 전환을 요구한 것이다.

어디에서 일하든 열심히만 하면 현대차 정규직이 될 수 있을 거라던 아버지의 말을 철석같이 믿은 아들은 계약 만료를 이유로 촉탁직에서 내몰린 후 아버지를 원망했다. 눈에 띄게 말수가 적어졌고 가족들에게 날카로워졌다. 출근하지 말라는 통보를 받은 석 달 뒤, 아들은 아버지와 함께 살던 그 집에서 스스로 목을 맸다. 꿈도, 욕망도 놓아버린 아들의 시신을 안은 아버지는 말한다.

"내가 사랑했던 회사가 내 아들을 죽였다."

—서분숙 르포 「철탑, 당신과 나 사이」 중에서

희망고문으로 한 청년이 죽었다. 그 청년이 공장에서 더이상 일을 못하게 된 2013년 1월은 점환이가 현대 자동차에 촉탁직으로 입사한 해이기도 하다. 한 청년을 죽인 희망고문. 그 희망이 무너진 자리에서 점환이는 일을 했다. 정규직 전환을 시켜주겠다는 말에 희망을 걸었다. 그리고 23개월 뒤 점환이 역시 그 자리에서 쫓겨났다.

"일하다가 보면 어느 날 정규직이 될 거라는 희망이 들었어요. 하고 싶어요. 하면 될 것 같고 지금도 그 마음은 바뀌지 않았어요. 안에는 (촉탁직 노동자가) 3000여 명 있어요. 안에 있는 사람들이 안타까워요. 1년이면 2000여 명이 잘려나가는데, 들고 일어서면 다 바뀔 건데, 청년 실업이 높은데 일하고 싶어도 못하는 사람들이 많은데……."

점환의 소원은 안에 있는 사람들이 같이 단결해서 들고 일어나는 것이다. '희망고문'에 시달리는 것이 아니라 희망을 직접 만들고 싶은 것이다. 비가 와도 눈이 와도 모두 다 떠나고 혼자 남는다 해도 이 싸움을 끝까지 해보고 싶다며 담담하게 말하는 점환이도 가끔은 차오른 슬픔이 터져나오는 순간이 있다.

"회사 밖에 있으니 살이 많이 쪘어요. 시위를 하고 집회 참가하고, 그밖에는 생활에 질서가 없어졌어요. 울기도 많이 울었어요. 술을 한잔 마시면 제 마음이 먹먹한 거예요."

이 사람들하고는 안 되는 거구나 그때쯤 포기하게 되더라고요

점환이는 태우보다 나이가 세 살 더 많지만 자신보다 먼저 태우가 운동을 했기에 운동에서는 태우가 선배라고 한다. 일인 시위할 때 그동안 혼자 서 있었지만 요즘은 일주일에 서너 번은 태우와 함께한다. 태우를 해고한 〈울산저널〉의 경영진들 중에는 현대 자동차와 중공업 공장에서 일하는 노동자들도 있다.

"울산저널에서 해고는 하면 안 되지요. 경영진들도 노동자들인데, 해고하면 안 되는 건데, 맘이 그렇더라고요. 노동자의 입장에서 일해야 할 사람들인데 해고하면 안 되는 거잖아요."

점환이는 〈울산저널〉에서 태우를 해고한 일은 있을 수 없는 일이라고 말한다. 태우도 지난해 〈울산저널〉에 입사할 때만 해도 자신에게 이런 일이 일어날 줄은 상상도 하지 못했다. 휴학 중인 태우가 〈울산저널〉에서 입사를 결심할 수 있었던 것도 그곳이 노동운동을 하는 사람들이 만든 신문사였기 때문이다. 더구나 시민들이 기금을 모아 만든 신문사라 하니 신문을 만드는 일이 이 사회를 좀더 나은 곳으로 만드는 일이 될 수 있겠구나 싶었다. 그러나 태우의 기대는 너무 쉽게 무너져버렸다. 입사한 지 얼마 되지 않아서부터 회사 간부의 폭언이 자주 있었고, 그 일에 대해 문제를 제기할 즈음 태우가 살고 있던 숙소가 없어졌다.

울산에 연고가 없던 태우는 〈울산저널〉에서 숙소를 제공해주는 조건으로 입사했다. 그러나 어느 날, 숙소 문제를 더이상 회사가 해결해 줄 수 없다는 데서 갈등은 시작되었다.

태우가 힘들었던 건 갑자기 숙소가 사라져 버린 일뿐만이 아니었다. 그 후 회사가 태우에게 보인 태도가 오히려 더 문제였다. 약속했던 숙소가 사라져 버린 데 대해 회사가 태우에게 건넨 건 위로와 사과가 아니었다. 애초부터 숙소 문제를 회사가 해결해 주겠다고 한 적이 없다는 거였다. 태우의 입사를 결정한 편집장은 이미 퇴사를 한 상태였고 회사는 숙소 문제는 전 편집장의 아주 개인적인 약속일 뿐이라며 책임을 질 수 없다는 입장이었다. 노사 교섭을 통해 숙소 문제는 회사의 약속이라는 합의에 이르렀지만 일부 경영진의 거부로 인해 체결되지 못했다. 이 과정에서 태우는 해고되었다.

"문제제기 시작한 건, 믿었으니까, 운동하는 사람들에 대한 믿음이 있었으니까. 〈울산저널〉 안에서는 안 바뀐다 하더라도 밖으로 알려지면 시민사회의 자정 능력이 있으니까, 그런데 밖으로 알려져도 안 바뀌니까, 아 이 사람들 정말 안 되는 구나. 그때쯤 포기하게 되더라고요."

태우는 아직 많이 혼란스럽다. 사회를 변화시키는 큰 바퀴라고 믿었던 사람들이 협상의 절차를 무시하고 교섭기간 중에 교섭위원인 태우를 해고했다. 그 와중에 회사 간부들에게 심한 욕설을 들었고 폭행을 당했다. 태우가 페이스북에 올린 글 내용이 명예를 훼손했다며 간부 두 명은 태우를 고소했다. 고소와 해고를 당한 것보다 더 혼란스럽고 답답한 건 〈울산저널〉 안에 최소한의 변화라도 있을까 하는 희망이 사라져 간다는 거다.

해고를 철회하고 성찰을 바란다는 노동 단체와 노동자들의 호소가 잇따르고 있지만 〈울산저널〉 경영진들은 그 요구를 오히려 배후 조종 세력의 선동이라고 공개적으로 말하고 있다.

"막상 세상을 바꾸겠다는 사람들의 실체를 보니 실망스럽고 절망스럽고, 이걸 어떻게 해야 하나, 저걸 어떻게 바라봐야 하나 싶기도 하고, 운동권의 병폐라고 불리는 게 저런 거구나, 그럼 저런 걸 다 알고도 가만있는 사람들은 또 뭔가? 그들도 똑같은 사람들인가."

안녕치 못한 사회를 함께 변화시킬 수 있을 거라 믿었던 사람들에 대한 실망이 깊다. 그러나 한편 우리 사회가 왜 이렇게 변화가 느린

지, 노동자들이 왜 저렇게 단결이 안 되고 노동조합이 조직이 안 되는지, 태우는 〈울산저널〉 경영진들과의 싸움을 통해 오히려 그 원인을 알 수 있을 것 같기도 하다고 한다.

정문 밖의 청춘들

태우와 점환이는 '혼자'라는 말을 자주 쓴다. 혼자인 태우와 점환이가 지금은 같이 만나서 함께 싸우지만 또 언젠가는 혼자가 될 거라는 것을 너무 잘 알고 있다. 태우를 해고한 〈울산저널〉 경영진들은 울산에서 수십 년씩 살아온 사람들이라 그들과 가까운 사람들도 울산에는 많다. 태우는 그들 앞에 서면 서늘하다. 말이 통하지 않을 때가 많다.

"참 마음이 아프죠. 힘들 때는 사람들과 이야기하기도 하고 혼자 쉬기도 하고 그러면서 마음 다지고."

혼자 있는 것이 유일한 휴식이라는 태우는 점환이와 같이 서 있을 수 있는 지금이 좋다. 말하지 않아도 서로의 마음을 다 읽을 수 있기 때문이다. 누군가 먼저 복직을 하고 나면 다시 또 누군가는 혼자가 되겠지만 그래도 맘 같아서는 뒤에 남는 사람이 자신이길 바라는 듯하다. 해고 생활이 얼마나 힘든지 잘 알고 있기 때문이다.

2016년 4월. 벚꽃이 지고 있다. 정문 밖의 청춘들은 여전히 안녕하지 못하다. 누군가 '안녕들 하십니까' 하고 물어 온다면 차오른 마음을 내보이고 싶다.

'아니오. 안녕하지 못합니다.'

서분숙 | 르포작가. 문학치료 연구자. 제15회 전태일문학상을 수상했다. 장소와 시간에 담긴 서사를 글에 담는 작업을 하고 있다. 르포문학집 『섬과 섬을 잇다』, 『밀양을 살다』, 단원고 약전 기록집 『짧은, 그리고 영원한』 등을 함께 썼고, 동화책 『할머니의 강』을 출간했다.

"이러다 노동자 다 죽는다"
—홍종인(금속노조 유성기업 아산지회 전 지부장)

정윤영

2016년 3월 17일. 또 한 명의 노동자가 스스로 목숨을 끊었다. 유성기업 영동지회 조합원 한광호는 올해 실시한 심리건강조사 결과 고위험군 판정을 받을 만큼 심각한 우울증에 시달렸다. 그는 회사에서 세 번째 부당징계를 받은 상태였고, 그 앞으로 날아온 고소장만 5건이었다. 그의 죽음을 들은 동지들은 '올 것이 왔구나' 생각했다.

한광호뿐 아니라, 유성기업 조합원들은 매 순간 죽고 싶다는 생각을 뒤통수에 달고 일한다. 그의 죽음에 동지들은 목이 메어왔지만, 그리 놀라운 일은 아니었다. 다만 누군가 또 죽을까 두려웠다. 더는 아무도 죽지 않았으면 싶었고, 억울한 죽음을 알려야만 할 것 같았다. 동지들은 서울로 향했다. 시청 앞에 모였을 때만 해도 분향소를 차리기까지 이렇게 오래 걸릴 줄은 몰랐다.

시청역 5번 출구, '밤마다 열리던 작은 지옥'

3월 23일, 시청 광장에 분향소를 설치하는 조합원을 가장 먼저 맞은 건 경찰들이었다. 상복을 입은 조합원 일곱 명을 몇 백 명 되는 경찰이 둘러쌌다. 광장에 세우려던 천막은 모두 찢어졌고, 영정사진은 바닥을 나뒹굴었다. 분향소는 영정사진을 들고 있는 동지들의 손바닥 위에 차려졌다.

조문객 발길이 뜸해진 늦은 밤, 침낭을 꺼내드는 조합원들을 경찰이 잡아끌었다. 그 자리에서 동지 두 명이 연행돼 갔다. 남은 동지들은 깨진 영정사진을 끌어안고 바닥에 주저앉아 분향소를 지켰다. 침낭을 빼앗으려는 경찰과 빼앗기지 않으려는 지지부진한 몸싸움이 밤새 계속됐다. 엉망이 된 분향소와 맥없이 끌려간 동지를 보고 있노라니 홍종인(유성기업 아산지회 전 지부장)은 할 말이 없었다.

"우리는 도대체 짐짝인가, 사람인가 싶어요. 저들(경찰과 기업)은 사람이 아니라고 하겠죠. 노동자를, 우리를, 나를. 사람이 아닌데 분향소를 인정할까요? 뭐라고 말해야 할까 모르겠어요. 이 더러운 기분을……."

동지들은 아쉬운 대로 작은 상자를 분향소로 꾸몄다. 조문 온 사람들은 상자 앞에 놓인 향초에 불을 붙이고 절했다. 초라한 분향소지만 그렇게라도 한광호의 억울한 죽음을 위로하고 싶었다. 조문객의 바람은 종이상자가 구겨지고 영정사진이 깨지면서 10분 만에 부서졌다. 상복이 찢어지고 추위를 피하려고 뒤집어 쓴 비닐도 모두 뜯어졌다. 동지들은 급한 대로 깨진 영정사진을 청테이프로 붙여놓고, 100리터 쓰레기 봉투 속으로 들어가 잠을 청했다. '비닐과 바닥 깔개조차 허용하지 않는 밤', 잠은 들지 않았다.

3월 27일 부활절이었다. 조문객들과 부활절 예배를 준비하는데, 갑자기 경찰이 깔판과 앰프를 가져갔다. 조합원 한 명이 연행되고 부상당한 이도 생겼다. 조합원들이 서울시청으로 달려가 분향소를 마련할 수 있게 해달라고 하자, 시청은 깔판과 침낭을 치워달라고 경찰에 요청한 적이 없다고 말했다. 물품 강탈은 시청에서 요청한 공무집행이라던 경찰의 말은 거짓이었다. 그저 기가 막혔다.

"박근혜 대통령이 정말로 노동자를 IS테러 집단으로 생각하는 것인가 싶어요. 우리는 살기 위해서 이곳에 올라왔는데 모든 것을 다 차단하고 있어요. 사측이나 공권력이나 (노동자에게) 죽어라, 죽어라 하는 것 같아요."

몇 번의 기자회견과 끊이지 않는 조문객 발길에 광장에 천막을 설치하고 분향소를 만들 수 있었다. 서울에 온 지 13일 만이었다. 천막이지만, 분향소에 모셔둔 영정사진과 조문객 위로에 그는 '눈물샘이 울컥 터질 듯'했다.

우리는 올빼미가 아니라는 외침

유성기업 아산과 영동 공장은 자동차 엔진 핵심 부품인 피스톤링을 만든다. 800명에 가까운 노동자가 만든 피스톤링은 현대 자동차로 납품한다. 경운기나 선박회사에도 납품하지만, 유성기업 매출의 대부분은 현대 자동차다.

대기업에 부품을 납품하는 유성기업은 위험한 생산현장 탓에 노동자가 자주 다치고 병들고, 또 죽었다. 15년 전 유성기업 주조파트로 입사한 홍종인도 '노가다 현장인지, 생산 현장인지 모를 정도로' 공장을 위험한 곳으로 기억했다. 커다란 공장에는 하루 종일 쇳가루가 날리고 몰드 타는 냄새가 진동을 했다. 1500도에 가까운 쇳물이 튀어 화상을 입는 일도 흔했다. 그는 특히 몰드 타는 냄새를 맡는 게 괴로웠다. 원인은 알 수 없지만 2년 동안 현장에서 두 번이나 쓰러졌다. 회사는 산재처리는 어렵고 대신 공정을 옮겨준다고 했다. 결국 주조파트에서 일한 지 2년 만에 다른 공정으로 이동할 수밖에 없었다.

"환풍 시설자체가 미약하죠. TCE(트리클로로에틸렌)라는 발암물질이 기계 가공할 때 생긴대요. 환경부에서는 쓰지 말라고 했는데 여전히 쓰고 있어요. 조도도 안 좋고 안전장치나 자동차단 시설도

미흡하고요. 그러니까 야간에 작업하다가 기계 사이에 장갑 말려 들어가고, 발도 끼고. 몰드 찍는 기계에 압사돼서 죽는 사람도 있고. 산재 많아요. 유성기업이 작년, 재작년 산재 다발사업장 1위였어요."

발암물질은 TCE 말고 또 있었다. 발암물질 2등급에 해당하는 심야노동이다. 유성기업 노동자는 오전 8시 30분에 출근해 오후 9시 30분에 퇴근하는 오전조와 오후 10시 출근해 다음 날 오전 8시에 퇴근하는 야간조로 나뉘어 일한다. 주야 12시간 교대제는 죽음을 부르는 근무제였다. 심근경색이나 패혈증으로 목숨을 잃은 노동자가 한둘이 아니었다. '일 끝나고 집에 가는 통근 버스 안에서 돌아가신 분'도 있었다. 유성기업 노동자들은 심야노동 철폐를 요구하는 목소리를 내기 시작했다.

2011년 유성기업 노동조합은 '심야 노동 없는 주간 2교대제' 시행을 앞두고 사측과 교섭을 요구했다. 사실 주간 2교대제는 2009년에 이미 합의한 내용이었기에 교섭만 남은 시점이었다. 그러나 사측은 교섭을 자꾸 미뤘다. 노조는 쟁의조정을 신청했고, 그 결과 부분 파업이 가결됐다. 파업이 결정되자마자 사측은 직장을 폐쇄해 버렸고, 야간조 직원들은 출근 직전 '출근하지 말라'는 내용의 문자를 받았다.

조합원들은 용역깡패가 막고 있는 현장 안으로 들어가지 못했다. 근처 비닐하우스에서 버텨가며 현장으로 복귀하겠다고 했지만, 사측은 복귀를 거부하며 노조의 단체 행동권을 무력화시켰다. 홍종인은 2년 전 주간 2교대제에 합의한 유성기업이 돌변한 것은 현대 자동차가 개입했기 때문이라며, 그때부터 노조탄압이 시작되었다고 전했다.

"그때 완성차인 현대 자동차도 주간연속으로 교섭 중이었어요. 그런데 잘 안 됐죠. 완성차 입장에서는 부품사(유성기업)가 주간 연속 2교대제를 시행하면, 부품사보다 조건이 못하다는 소리를 들을 것 아니에요? 개입을 할 수밖에 없었겠죠. 직장폐쇄 첫 날 현대 자동차

총괄구매 이사 차량 안에서 창조컨설팅 문건을 발견했어요. 조직적으로 노조를 파괴하려고 한다는 걸 알았죠."

죽음의 생산현장이 되어버린 유성기업

폭력적인 노조탄압은 직장을 폐쇄한 첫 날부터 살인적이었다. 상징이나 비유가 아니었다. 5월 18일, 조합 사무실에서 직장폐쇄 소식을 들은 홍종인은 사무실에서 나가려고 하자 출입을 막는 용역깡패를 만났다. 용역깡패는 승합차를 몰고 인도로 돌진해 조합원 13명을 들이받았다. 승합차는 라이트를 끈 상태로 돌진했고 조합원들은 광대뼈가 함몰되는 등 중경상을 입었다. 설마 고의로 돌진했나 싶었지만, 용역깡패가 던진 소화기에 맞아 두개골이 함몰된 조합원도 있었다.

2011년 8월, 법원 중재로 현장에 돌아온 조합원들은 중징계를 받고, 노조 간부는 손해배상 청구 대상이 되어 있었다. 징계를 받지 않은 조합원은 어용노조로 옮겨 간 사람들뿐이었다. 남아 있는 조합원들은 해고, 출근정지, 정직, 수시로 징계를 받았다.

화장실에 가는 시간과 담배 피우는 시간, 물 먹는 시간까지 분단위로 체크했다. 화장실에서 5분 늦게 왔다고 경고장을 받고, 허락 없이 물을 마셨다고 '임금에서 깠다'. 그렇게 쌓인 경고장은 곧바로 징계와 임금 삭감으로 이어졌고, 실제 업무와 전혀 상관없는 지시는 인격모독으로 느껴졌다. 사측 관리자는 '이걸 언제까지 견딜 거냐? (어용노조로) 넘어오라'고 대놓고 얘기했다. '007 영화에서나 볼 수 있는' 감시와 반복되는 징계에 조합원들은 '환장하고 미쳐버리기' 직전이었다. 밤에 잠 못 자 죽던 노동자들이 노조탄압으로 죽어가고 있었다.

"이게 어느 지경까지 갔냐면 사무실 콘센트에 구멍을 뚫어서 몰카를 달았어요. 계단, 비상등, 심지어는 탈의장이 보이는 데도 달고. 볼펜, 안경, 시계에 녹음기 달아놓고 감시해요. 그렇게 채증을 해서 수시로 고소, 고발해요. 그런 일이 계속 반복되는 거예요. 신용불량자되고 파산하고 이혼하고……. 관리자가 너무 못살게 구니까 죽이겠다고 한 적도 있어요. 내가 죽거나 죽이거나 그런 계획을 짜고 있어요. 정신 차려보니 옥상 난간에 서 있는 사람, 자기도 모르게 손에 칼 들고 있는 사람, 자살시도 한 사람만 20명 가까워요. 마음에 병이 생기니까 그런 생각까지 들어요. 병이 안 들 수가 없어요."

사측에서 노조를 깨기 위한 전형적인 방법으로 복수노조를 만들자, 조합원들 사이에 금이 가기 시작했다. 그렇게 관계가 깨지는 게 조합원들은 '심리적으로 제일' 힘들었다. 유성기업 '막내뻘'인 홍종인은 입사한 지 15년 됐다. 같이 생활한 지 15년이 넘은 조합원들은 친구고 가족 같았다. 속속들이 알던 사이는 '찢어지고 갈라지는' 신세가 됐다. '너 때문에 잘리게 생겼으니까 넘어 오라는 협박'에 친구도 친형제도 서로에게 배신감을 느꼈다. 현장에서 마주보고 일하는 것도 괴로웠다. 사이가 틀어지고 관계가 깨지는 걸 조합원들이 '심리적으로 제일' 힘들어한다고 그는 털어놓았다.

"어용노조 간 사람들이 미안하다고 해요. 자기 욕심 때문에 가는 사람도 있지만, 어쩔 수 없이 먹고 살 것 없어서 간 사람들 있거든요. 그런 거 보면 또 안쓰러워요. 조합원들 다 죽는다고 했더니 투쟁하지 말고 (노조) 버려라, 이렇게 얘기해요. 큰 상처죠. 티눈도 깊게 박이면 빼기 힘들잖아요. 상처들이 너무 깊어요."

회사 안도 바깥도 노동자에겐 지옥

해고와 징계, 감시와 모욕, 씻을 수 없는 상처에도 조합원들은 금속노조를 지켰다. 홍종인도 두 차례 부당해고 후에 한 번은 굴다리에서, 또 한번은 옥탑에서 노조탄압중지와 교섭을 외쳤다. 그러나 어용노조가 2012년에 교섭권을 가져간 뒤로 금속노조는 사측과 어떤 교섭도 하지 못했다.

버티면 버틸수록 노동자는 병들어 가고, 상황은 현대 자동차 관리자 차량에서 발견한 노조파괴 시나리오대로 흘러갔다. 노조는 사측의 불법행위를 고발하고, 현대 자동차가 노조파괴에 개입한 정황을 알렸지만, 경찰뿐 아니라 검찰과 법원은 모두 노동자 편이 아니었다. 현대 자동차가 '복수노조에 조합원이 왜 늘지 않느냐' 질타하는 등 직접적으로 유성기업 노조파괴에 개입했다는 문건이 드러났는데도, 검찰은 현대나 유성기업을 모두 불기소 처분했다. 이런 상황이 반복되면서 노동자들은 '사측도 검경도 우리 죽이려고 하는 것' 같아 분노가 극에 달했다.

노동자들의 심리 상태가 위험하다는 것은 2012년부터 실시한 심리건강 조사에서도 이미 드러나 있었다. 홍종인은 "이러다 다 죽는다"고 하소연했지만, 듣는 것은 노동자들뿐이었다. 그리고 2016년 노동자가 또 목숨을 끊었다.

남아 있는 노동자들은 죽지 않기를 바라는 마음으로, 우리 함께 살자고 외치며 시청 앞으로 모였다. 그러나 죽지 않기 위해 모인 곳역시 '지옥'이었다. 회사와 용역깡패를 벗어난 광장에선 공권력이 그들을 감시하고 상처 입혔다.

"저는 여기 와서도 똑같은 걸 봤어요. 회사 안에서 감시와 채증 때문에 심적 고통을 받고 있는데, 경찰이 우르르 채증 장비 들고 와서 분향소 차리겠다는 걸 다 뺏어가요. 사진 한 번 잘못 찍히면 범죄자 되고. 사측이 하는 거랑 뭐가 달라요? 이런 현실에서 회사 안이 바깥보다 힘든가? 회사 밖이 더 편한가? 구분이 안 가요, 너무 똑같으니까. 지시한 사람, 책임자는 분명히 있는데 그걸 안 밝히는 것까지 똑같아요. 이런 조건에서 노동자가 자살 생각 안 하겠어요? 돈

주니까 시키는 대로 말 들으라는 이 상황이 우리나라 현실이라는 게 슬퍼요."

용역깡패를 동원한 직장폐쇄 이후 노조탄압과 동지들의 죽음을 경험한 5년의 시간은 노동자들의 잊지 못할 상처가 되었다. 노동자가 일하다 죽고 탄압으로 죽어도 아무도 책임지지 않는다. 동지들이 삼보일배하고 유가족이 단식을 해도 누구도 처벌받지 않는다. 그저 지지부진한 재판만 이어지고 있다. 홍종인과 유성기업 노동자들은 한광호 열사를 보내지 못해 미안하고, 사람들에게 잊혀질까 불안하기만 하다. '동지들 가슴의 극한 상처'는 무엇으로도 치유되지 않을 것처럼 보였다.

홍종인은 분노도, 들뜬 희망도 아닌 덤덤한 표정으로 말했다. 노동자들 상처와 트라우마를 치유할 수 있는 방법은 '정의를 바로 세우는 일'뿐이라고. 그래서 인간답게 사는 것, 그것 해보자는 거라고. 그게 뭐 어렵겠냐며 그는 200일째 지옥 같은 곳에서 쓰레기봉투를 덮고 오지도 않는 잠을 청한다.

정윤영 | 낮엔 요가, 밤엔 과외로 밥벌이하며 르포를 쓴다. 월간 『좌파』에 노동르포를 연재하고 있고, 『너의 사랑 나의 투쟁』, 『숨은 노동 찾기』, 『416 단원고 약전』을 함께 썼다. 이 모진 삶에도 희망은 있다는 생각에 뭐라도 하고 싶어 펜을 들었다. 언젠가 당신의 목소리를 들을 수 있기를 꿈꾸며, 일터와 삶터를 기록하고 있다.

이정화(저동고 3), 「지하 공장에서」 외 2편	전태일재단 이사장상(시 부문)
김남주(이화여대병설미디어고 3), 「목마른 우물의 날들」	전태일재단 이사장상(산문 부문)
임사헌(산청간디고 3), 「그늘에서 불을 피우는 사람」	전태일재단 이사장상(독후감 부문)
안찬우(서울삼성고 3), 「중닭」 외 3편	경향신문 사장상(시 부문)
배소망(안양예고 2), 「호더」	경향신문 사장상(산문 부문)
노주비(안양예고 3), 「전태일 이후 한국은 얼마나 달라졌는가?」	경향신문 사장상(독후감 부문)
이소명(구미현일고 2), 「꿈을 구하는 공식」 외 3편	한국작가회의 이사장상(시 부문)
김도헌(고양예고 1), 「집 밖」	한국작가회의 이사장상(산문 부문)
현예준(용인죽전중 3), 「불에는 그림자가 없다」	한국작가회의 이사장상(독후감 부문)
이영은(옥련여고 3), 「뼈의 무덤」 외 2편	사회평론 사장상(시 부문)
김수경(신갈고 3), 「흰머리 세는 동안」	사회평론 사장상(산문 부문)
김아현(원광여고 3), 「낮은 곳에서 피어오른 불씨는 거대한 열정을 낳는다」	사회평론 사장상(독후감 부문)

지하 공장에서

오늘의 날씨 흐림
뭉툭해진 미싱 바늘 끝은
하늘의 색을 닮아 있다.
얇은 빗방울이 추적이는 아침
옷감에 박음질하는 소리가
비처럼 공장에 쏟아져내리고 있다.
사람들의 표정은 수성(水性)이다.
빗물에 흘러내린 눈빛이
인쇄된 계약서 텍스트로 번져간다.

온종일 책상에 몸을 구부리고 있는
옆자리 사람의 모습은 꿈이라는 글자를 닮았다.
도수가 높은 안경에 작아진 눈동자는
내일을 환산해 입력하는지
출석장부에 붉은 글씨로
오늘을 적어냈다
앞자리 앉은 사람은 자주 다리를 떤다.
하루는 너무 빨라서 박자를 맞춰야만 한다.
느린 박자에 발을 맞출수록
내일은 멀어지고
실뭉치만 더디게 풀어질 뿐이었다

흐린 날들이 계속 되었다

유일하게 가슴에 품고 있던 사진마저
빛을 잃고 바래져갔다
굳은 별빛이 눈가에 서린 사람들은
꿈과 더 멀어지는 법을 배웠다.
저기압의 지하 공장
높은 창문에 빗방울이 길게 그어졌다.

떠난 사람들

염리동 소금길*엔 길목마다
꽃이름이 붙어 있어
둘레를 감싸고 있는 해당화길
꽃잎처럼 떨어진 간판들이 널브러져 있어
서서히 사람들이 떠나면서
더이상 희망을 씨앗으로 심지 않는 사람들
시든 이름 위로
철골이 서서히 들어서고 있어

늘어진 전신주만이
서로를 간신히 잇는 마을
지워지는 벽화 속 그림은
표정을 잃어가고
떨어진 시멘트 가루를
뒤축에 뭉갠 사람들이 많아지고 있어
동네엔 유독 어둠이 빠르게 찾아와
얼마 켜지지 않은 창문마다
늘어진 빨래가 쉽게 마르지 않아
하얀 달빛이 사라진 자리
녹슨 가로등 빛에 기대
가파른 계단에 위태롭게 앉아 있는 노인
오랫동안 돌아오지 못한 아들 생각이라도 하는 듯
긴 한숨소리가 파문처럼 이는 것 같아

한때 서울에 소금을 쥐고 있었다는 동네
이젠 작은 횃불만을 가슴에 풀고 있어
상하지 않은 건, 씁쓸한 기억뿐이라
오랫동안 짭조름한 기억들로
서로를 도닥이고 일거야

---

* 염리동 소금길은 서울에 소금을 공급하던 동네였다고 합니다.

이방인

마당에 개가 크게 짖는 밤이면
그는 우리 집을 찾았다.
낮은 담장을 느리게 걸어오는 그는
오래된 가로등 빛에 정수리가 젖어 있었다.
시든 담쟁이처럼 쭈글쭈글한 옷깃,
너덜해진 발걸음을 딛을 때면
접힌 바짓단에서
부서진 시멘트 가루들이 떨어진다.
마당에 흩뿌려지는 녹슨 별빛
그는 매번 우리집을 여인숙으로 착각한다.

가족들은 익숙해졌다는 듯,
문을 닫고 거실을 온전히 내어준다.
한참이고 들려오는 약봉지 바스락대는 소리
단단해져가던 나의 잠을 깨뜨리고
그는 찌든 어깨를 접고 잠을 청한다.
늙은 소파에 누워 까만 어둠을 덮고 잔다.
몸을 돌아누울 때마다 무릎뼈 부딪히는 소리
이윽고 들려오는 코고는 소리
커다란 삽처럼 적막을 거칠게 파냈다.
온종일 돌아가던 냉장고 모터는
거친 숨소리에 한없이 작아진다.
꿈속에서도 성실히 일하고 있는지
땀을 뻘뻘 흘리며 열심히 잔다.

거실엔 굽굽한 냄새만이 남아 있었다.
탁자 위 놓인 짧은 밤의 숙박비
꾸깃한 돈뭉치는 잔돈 같은 모래알들과 섞여 있었다.
스쳐가던 냄새가 눌러 앉은 소파
거실엔 새벽의 한기가 쉽게 사라지지 않는다.

〈전태일재단 이사장상 – 산문 부문〉 | 이화여대병설미디어고등학교 3학년 김남주

목마른 우물의 날들*

　더러운 흙탕물에 티셔츠를 적셔 목에 감고 물통 가득 물을 담는
다. 고개를 드니 끔찍하게 깨끗한 하늘에 얼굴이 구겨진다. 떨어지
는 건조한 햇빛에 목이 말라 물통에 입을 댄다. 최대한 흙탕물이 가
라앉기를 기다리고 또 기다려 뜬 물이지만 여전히 비릿한 맛이 입
안 가득 차오른다. 차마 물을 넘기지 못하고 무거운 물통을 든 팔을
바들바들 떨고 있는데. 컷, 오케이. 드디어 감독님의 오케이 소리가
촬영장을 울린다. 나는 어서 물을 뱉어내고 식수로 입을 헹군다.
　이번 주만 벌써 3번째 촬영이다. 그래도 오늘, 이전까지는 사진 촬
영밖에 못해봤는데, 처음 영상 촬영을 했다. 시원한 스튜디오에서
하는 촬영이나 가만히 표정연기만 하면 되는 사진 촬영과는 다르게
영상 촬영은 좀 더 리얼리티를 요구한다. 평소라면 더럽다고 잘 들
어가지 않을 강물에 들어가야 했다. 그냥 도망갈까 생각도 했지만
이미 받은 계약금을 생각했다. 며칠 얼굴에 돼지기름을 칠하고 축제
를 즐기다 보니 그새 피부가 탱탱해졌나보다. 정말 오랜만에 분장을
했다. 분장 팀이 와서 내 입술에 하얀 본드 칠을 하고 부채질을 하자,
그새 며칠 물 한 잔도 못 마신 아프리카 난민이 되었다.
　나는 모금 방송을 찍기 위해 아프리카로 오는 기부단체와 함께 촬
영을 하고 돈을 번다. 뭐 딱히 직업의 이름을 정한다면 나는 모금 방
송전문 배우다. 체중관리를 위해 일부러 음식을 덜 먹고 신발을 신
지 않으며 옷도 잘 갈아입지 않는다. 모금단체에서 좋아하는 배우가

───────
* 이안 시인의 시에서 인용

되기 위해서다. 배우이지만 딱히 제대로 된 연기를 하는 것 같지는 않다. 그저 감독님이 시키는 대로 눈을 동그랗게 뜨고 몸을 감싸 안고 카메라를 빤히 쳐다보면 되었다. 그럼 감독님이 흡족한 표정을 지으며 나를 향해 엄지손가락을 치켜들었다.

한 산모가 가슴을 드러내고 죽은 아이에게 젖을 물리고 있는 사진이 걸린 차가 보이자 동네 아이들은 모두 뛰어나와 일렬로 섰다. 아이들은 후원을 받기 위해 집에서 가장 아끼는 옷을 입고 나와 두 눈을 반짝였다. 후원단체는 카메라를 들고 괜찮은 아이들을 골라 찍었다. 아이들은 사진 기사가 자신을 뛰어넘기면 탄식을 내뱉고 울음을 터뜨렸다. 사실 우리는 후원 없이도 살아갈 수 있지만 사진 몇 장 찍고 거짓말로 편지 몇 번 쓰면 떨어지는 사탕들을 아이들이 마다할 이유는 없었다.

후원단체의 차에는 매번 다른 사진이 걸렸다. 어릴 적에는 매달 달라지는 후원단체의 사진을 보며 그들이 정말 많은 사람들을 돕고 있다는 것에 감탄했다. 어느 날은 전쟁 고아들의 사진, 어느 날은 백인에게 맞는 흑인들의 사진. 하나같이 도움이 절실한 사람들이 걸려 있었다. 그리고 그 아래에는 'There is no hope'라는 멘트가 적혀 있었다.

내가 어릴 적에는 눈도 크고 체구도 왜소해 후원단체에 캐스팅이 되었다. 하지만 나이가 들면서 어쩔 수 없이 넓어지는 코 평수와 머리에 생긴 땜빵 때문에 후원금이 끊긴 지 오래이다. 난 오히려 잘되었다고 생각했다. 항상 후원단체가 올 때마다 귀찮게 머리를 빗고 쌀뜨물로 몸을 씻어야 했기 때문이다. 나는 담뱃값을 벌기 위해 후원을 받았지만 그래도 괜찮다. 이제는 다른 일거리가 생겼고 훨씬 더 의미 있는 일이니까.

노란색, 주황색, 파란색 색색의 치마들이 빙빙 돌아가지만 단연 그중 가장 눈에 띄는 건 빨간색의 부채들이었다. 동네의 아줌마, 아저씨들은 모두 집에서 나와 북소리에 맞춰 발을 차고 서로의 어깨를 맞잡았다. 내 동생 나레카 역시 불뚝하게 나온 배를 드러내고 노래에 맞춰 춤을 췄다. 뽐내는 걸 좋아하는 나레카는 엄마의 금 귀걸이와 코걸이를 끼고 머리를 흔들었다. 매주 열리는 축제가 지겨워진 나는 그냥 지나쳐 집에 가려 하는데 어느새 나레카의 손에 잡히고 말았다.

　"오빠는 맨날 빼더라."

　동생은 노란 치마를 흔들며 큰 엉덩이를 살랑거렸다. 계속 집으로 가려는 나의 목을 잡고 몸을 흔들기 시작했다. 점점 더 흥겨워지는 북소리에 나도 모르게 엉덩이가 흔들거렸다. 동생과 나는 형형색색의 마을 사람들에게 둘러싸여 오른쪽으로 한 발. 왼쪽으로 한 발. 오른쪽으로 두 발. 왼쪽으로 세 발을 움직였다. 더운 날씨에 땀이 흘렀지만 몸은 힘들지 않았다. 오히려 쿵쿵 울리는 북소리가 더운 날을 시원하게 식히고 있었다.

　한참을 춤을 추다 집으로 왔다. 시원한 콜라를 한잔 마시고 땀을 식히는데 여전히 시장터는 시끌벅적했다.

　"오늘은 또 무슨 연기를 하고 왔대? 또 굶은 척하고 왔어? 이 거짓말쟁이야."

　"뭔 소리래, 그날은 진짜 굶었어. 아침 안 먹고 나갔잖아. 배고픈 연기가 아니라 진짜 배고픈 모습을 찍고 온 거지."

　내가 촬영을 하고 온 날이면 나레카는 항상 툴툴거렸다. 아마 촬영을 하는 내가 부럽고 샘이 나서 일 것이다. 학교 다닐 때 제법 인기가 많던 그녀는 더이상 학교에 못 가게 되자, 사람들의 눈길을 그리워했다. 매일 부푼 배를 숨기지도 않고 강렬하고 화려한 색의 옷을 입는 것도 그 때문일 것이다. 나레카는 촬영장에 대해 항상 궁금해

했다. 그녀는 배를 어루만지며 말했다. 나도 우리 아기 낳으면 오빠 촬영장에 쫓아갈 거야. 나는 별다른 대답을 하지 않았다. 그녀가 촬영장에 오면 실망을 하고 돌아갈 것이 뻔하기 때문이었다.

샤워를 하고 모락모락 찐 바나나를 한 입 먹는데 어디선가 비명소리가 들려왔다. 가뜩이나 밤이 되면 한 치 앞도 보이지 않는 동네에서 비명소리까지 들리니 섬뜩하기 그지없었다.

"뭔 일이야."

집으로 들어가 물어보지만 나레카는 옥수수 반죽만 묵묵히 치대고 있다.

"촌장님 부인이잖아."

"조지? 조지 아줌마가 왜 그러시는 건데?"

"몰라. 한국인들이 우물 만든다고 파놓은 구덩이 앞에서 맨날 울던데? 내 기억에는 촌장님은 허락한 걸로 아는데."

나레카는 관심도 없다는 듯이 반죽을 치대면서 대답했다. 다시 밖으로 나가 비명소리가 나는 곳으로 눈을 찌푸리는데 희미하게 조지 아줌마의 형체가 보였다. 한국의 유명 배우라는 사람이 활짝 웃고 있는 현수막 밑에 조지 아줌마가 있었다. 깊게 박힌 뼈대 철심을 온 힘을 다해 잡아당기면서. 현수막이 펄럭거릴 때마다 조지 아줌마의 몸도 앞뒤로 비틀거렸다. 나는 고개를 돌리고 금세 식어버린 바나나를 우적우적 씹어 먹었다.

"컷. 컷. 아니지. 오늘 왜 이래? 그렇게 해서 사람들 마음을 울릴 수 있겠어? 돈이 모이겠냐고. 넌 지금 아동노동 현장을 고발해야 되는 거야. 집중해서 감정이입을 해야 된다고."

몸이 마를 새도 없이 계속해서 강으로 뛰어들었다. 점점 더 지쳐가는데 감독님은 내가 더 깊고 물살이 가파른 곳으로 가길 원했다. 스태프나 작가들도 더운 날씨에 지쳐간다는 듯 표정을 일그러뜨리고 부채질을 했다. 이번엔 꼭 끝내야 했다. 숨이 가빠오고 속이 울렁거리는 게 느껴졌다.

이미 가슴까지 찬 검은 강물. 아직도 감독님의 컷 소리가 들리지 않았다. 나는 조심스럽게 한 걸음 더 발을 내딛는데 한 치 앞도 보이지 않아 두려움이 몰려왔다. 순간 다리에 쥐가 나고 몸이 휘청거리더니 강물에 빠지고 말았다. 강물에서 바둥거리는데 아무도 나를 구하러 오지 않았다. 코에 물이 들어오고 숨을 쉴 수 없었다. 그대로 정신이 가물거렸고 강물로 가라앉고 있었다.

"컷, 오케이."

감독님의 오케이 소리가 희미하게 들려왔다.

나는 내 일에 대해 사명감을 갖고 있었다. 처음 내게 배우를 해보지 않겠냐고 감독님이 설득하실 때 해주신 이야기가 있었다.

"우리는 짧은 촬영 기간과 제한된 비용으로 아프리카의 실상을 모두 담아가야 해. 사실상 불가능한 거라고 할 수 있지. 그래서 조금의 연출을 할 거야. 자극적인 영상이 아닌 이상 광고는 아무 소용없다고 할 수 있으니까. 저번에 어떤 미친 새끼가 아프리카 애들이 축구하고 샤워하는 걸 다큐 형식으로 내보냈다가, 모금이 3분의 1로 줄었다더라. 인간이란 그렇게 감정적이고 이기적인 존재야."

잠에서 깨어나니 목이랑 코가 매웠다. 하얀 천막 안에 들어오기 전의 기억이 없는 것으로 보아 기절을 한 모양이었다. 몸을 일으키려는데 온몸이 두들겨 맞은 것처럼 욱신거렸다. 더이상 촬영을 하는 건 무리였다.

"촌장님. 마을에 도움을 드리는 거예요."

잠시 누워 있는데, 감독님의 목소리가 천막 안으로 들려왔다.

"우리는 도움 없이도 충분히 웃을 수 있고 먹고 살 수 있습니다. 오히려 당신들이 아프리카는 가난과 죽음의 나라라는 부정적인 편견을 조장하게 할 뿐이에요."

"촌장님. 이제 와서 왜 이러세요. 우리가 모금한 돈의 10% 떼어드리기로 약속했잖아요. 자꾸 그러시면 우리도 그냥 물러나진 않을 겁니다."

"당신들 지금처럼 자극적인 모습만 연출하다 보면 언젠간 사람들이 무감각해지는 때가 올 거야."

"우리가 강요한 것도 아니고 저들이 자발적으로 찍겠다고 하는 건데 그걸 막으시면 촌장님도 곤란해지실 텐데요."

은근한 협박에도 촌장님은 굴하지 않았다.

"사람들을 옳은 길로 인도하는 일을 하기 위해서라면 비난은 달게 받을 일이네."

감독님이 비아냥거렸다.

"옳다는 것의 정의는 그것을 받아들이는 사람들에 의해 바뀐다는 것도 아시나요? 그게 자본주의란 말씀입니다, 촌장님. 이렇게 꽉 막히고 시대에 뒤떨어져서 어쩌려고요. 평생 촌장을 하고 살려고요."

"자본주의 때문에 정신을 팔아먹을 수는 없네."

"촌장님이 입고 있는 그 옷, 따님이 미국 대학에 다닐 수 있는 그 기회, 다 어디서 나셨습니까? 그게 다 자본주의 때문이지요."

촌장님의 얼굴이 붉어졌다.

"그때는 몰랐네. 자네가 원하는 것이 이러한 것인지."

"그렇다면 이 기회에 제대로 아시길 바랍니다, 촌장님."

촌장님이 무슨 말인가를 더 하려는 사이 감독님은 나에게 말을 걸어왔다.

"일어났냐? 실내 촬영 가야지."

나는 일어나 더이상 촬영하기는 무리일 것 같다고 말하려는데, 그는 자기 할 말만 뱉어놓고 나가버렸다.

나는 퍼렇게 질린 입술을 벌벌 떨었지만 아무도 관심을 가져주지 않았다. 허름한 나무집을 배경으로 만들어진 스튜디오에 들어가니

작가는 내게 와서 오늘 상태가 좋다며 엄지손가락을 추켜세우고는 나갔다. 식은땀을 흘리며 한참을 기다리는데 촬영이 진행되지 않았다. 나는 지나가는 스태프 중 한 명을 붙잡고 물어보지만 그냥 기다리라는 말만 돌아왔다.

그렇게 몇 시간이 지났을까. 얼굴에 뽀얗게 분칠을 한 한국여자가 스튜디오로 걸어왔다. 여자는 지쳐 있는 나와 달리 아주 생생해 보였다. 나는 벌떡 일어나 인사를 하려는데 여자는 나를 내려다보고는 아무 말 않고 지나갔다. 그 차가운 눈빛은 나를 경멸하는 것처럼 보였다.

"뭐가 제일 힘들었어요?"

"배가 너무 고팠어요. 사람들의 시선은 신경 쓸 시간이 없었어요. 저를 무시해도 괜찮았어요. 먹을 것만 받으면 만족스러웠어요."

여자는 내 손을 꼭 붙잡고 서툰 영어를 하더니 결국 울음을 터뜨렸다. 그녀의 모습이 낯설어 멍하니 있자 감독님의 고함소리가 들려왔다. 오늘 진짜 왜이래? 돈 받고 일하는 거면 제대로 해야 할 것 아니야. 컷 소리가 울리자마자 손을 뺀 여자는 그새 물티슈로 손을 닦았다.

힘겹게 촬영을 마치고 돌아가는 길은 더 길게 느껴졌다. 웬일인지 촌장님이 마을 입구까지 나와 서성이고 있었다. 조용히 마을로 들어가려는 데 촌장님이 내게 손짓을 했다. 이미 체력이 거덜난 나는 너털너털 촌장님의 뒤를 따라갔다. 마을 입구에 있는 촌장님의 큰 집에 들어가자 조지 아줌마가 있었다. 아줌마는 시선을 한 곳에 고정시킨 뒤 앞뒤로 몸을 흔들고 있었다.

"혹시 네가 매번 촬영하는 사람들이 우리 마을을 후원해준다면서 우물을 파려는 사람들이냐."

내가 아무 말 없이 고개를 끄덕이자, 촌장님은 불안한 내색을 감추지 못했다.

"그만 헤집고 원래대로 돌아가면 좋겠구나. 그 일은 좋은 일이 아니야."

촌장님은 앞뒤로 몸을 흔드는 아줌마를 보며 말했다.

"그만했으면 좋겠어."

"하지만 돈이 생기는 걸요. 마을도 후원해준다고 했고요."

촌장님은 어두워진 눈동자로 나를 바라봤다.

"그래서 우리가 무엇이 변했단 말이니?"

그 다음날 썩은 물을 먹는 촬영이 끝나고 감독님은 나를 따로 불렀다. 나도 어젯밤 촌장님의 떨리는 목소리에 혼란스러운 참이었다. 감독님은 담배를 입에 물고 말했다.

"나는 이 일을 하면서 단 한 번도 부끄러웠던 적이 없어. 나는 이 작업에 대한 사명감을 갖고 있지. 영상을 찍으면서 불쌍한 아이들을 도울 수 있다는 생각은 힘든 것도 잊게 만들더라. 안쓰럽고 고통스러운 곳이잖니, 이곳 아프리카는."

감독님은 말을 끝내고 담배를 튕겨서 버렸다. 그러고는 내 머리를 쓰다듬더니 뒤돌아 촬영장으로 멀어졌다. 땅에 떨어진 담배꽁초의 붉은 불씨를 보니 얼마 전 마을 시장에서 본 사람들의 빨간 부채가 떠올랐다. 나는 땅에 떨어진 담배꽁초를 밟아 불씨를 꺼버리고 다시 촬영장으로 돌아갔다.

"야! 가는 길에 들렀어."

촬영장에 돌아가니 빨간 립스틱을 바르고 가장 아끼는 옷을 입은 나레카가 서 있었다. 나는 얼른 달려가 여기가 어디라고 오냐며 나레카를 꾸짖고 감독의 눈치를 봤지만 감독은 괜찮다는 듯 고개를 끄덕였다. 우리 아기가 너무 답답해서 산책 나온 거거든? 너 보러 온 거 아니야. 통명스럽게 말하고 나레카는 배를 쓰다듬었다.

"여동생?"

갑자기 감독님이 내 어깨에 손을 올렸다. 나는 움찔해 어깨가 쪼그라들었는데 나레카는 어깨를 활짝 펴고 가슴을 내밀며 악수를 청했다.

"예쁘게 생겼네, 모델 일해도 손색없겠어."

나레카는 잔뜩 갈망하던 얘기라도 들은 듯 크게 기뻐했다. 나는 얼굴을 붉힌 나레카를 끌고 서둘러 촬영장을 빠져나갔다. 잠깐 뒤를 돌아보니 감독은 나레카를 빤히 바라보고 있었다.

얼마 후 감독님에게 연락이 왔다. 한참 말없이 담배를 피우다 나레카에게 촬영할 생각이 없는지 물어달라고 부탁했고, 나는 그러겠다고 대답했다. 옆에서 전화통화를 듣고 있던 나레카는 듣고 뛸 듯이 기뻐했다.

자신의 배를 어루만지며 내 미모는 여전하다고 잘난 체하는 모습을 보니 나도 괜히 뿌듯해졌다. 어느 날 울며 들어온 나레카의 배가 점점 부풀어오를 때가 기억났다. 아무것도 몰랐던 나와 나레카는 그 배를 두려워하고 회피했다. 나는 나레카에게 누구의 아이인지 추궁했지만 그때마다 그녀는 대답은 하지 않고 눈물만 흘렸다. 동생이 우는 모습은 보기 싫었던 나도 더이상 묻는 것을 포기했다. 그리고 시간이 흐르자, 이제는 나레카도 자신의 아기를 퍽 아끼고 예뻐하는 것 같았다. 매일 아침 넋 놓고 등교하는 아이들을 바라보기는 했지만 말이다. 그런 그녀가 이번 기회에 그녀의 미모를 뽐내며 사진을 찍었다. 태어날 아기에게 보탬이 될 수 있으니, 그녀의 자존감을 높이기에는 정말 좋은 기회였다.

오토바이를 타고 나레카를 촬영장에 데려다놓고 왔다. 역시 그녀는 축제 때 입은 옷과 엄마가 남긴 장식품을 하고 오토바이에 탔다. 나레카는 가는 내내 들떠 콧노래를 불렀다. 왠지 그녀만 촬영장에 두고 가기 불안했지만 이내 감독님과 활짝 웃으며 인사를 하는 그녀를 보고 걱정을 덜었다.

집으로 돌아오는 길에 조지 아줌마를 만났다. 아줌마는 여전히 초점을 잃은 눈으로 우물 앞에 앉아 있었다. 이제 거의 완공된 새 우물과 아줌마의 낡은 원피스는 동떨어진 느낌이 들었다. 나는 울고 있는 아줌마를 힐끗 보고 지나가려는데 갑자기 아줌마가 내게 뛰어왔다.

"너도 그들과 한편이지. 그들이 다 망쳤어. 그들이 기부다 뭐다 하면서 우릴 망쳐놓았다고. 나는 삶의 터전을 잃었어. 여기 아카시 나무 그늘 밑에서 몇 십 년 동안 고기를 팔아왔는데 그들이 다 망쳤어. 이제 우리는 뭘 먹고 살아."

아줌마는 또 다시 주저앉아 울었다. 현수막에 있는 한국배우는 마치 아줌마를 약 올리는 듯 환하게 하얀 이를 드러내고 웃고 있었다.

"이미 우리 마을에 우물이 세 개나 있는데 왜 굳이 우물을 파겠다는 거야……."

다시 한번 주위를 잘 살펴보니 아줌마의 말대로 이곳은 내가 어릴 적부터 아줌마가 염소고기를 팔아오던 장소였다. 우리의 생활을 비옥하게 만들어주겠다고 하고 우물을 만들고 간 그들이 오히려 아줌마의 일자리를 빼앗은 것이었다.

밤이 되도 돌아오지 않는 나레카를 집에서 기다렸다. 저 멀리서 나레카가 보였다. 신난 듯 발걸음이 가벼웠다. 왠지 마음이 불안한 나는 그녀에게 꼬치꼬치 물었다.

"가서 무슨 사진을 찍었어? 어디다 쓰는 거래? 얼마나 찍었어?"

하지만 그녀는 신나서 자신이 카메라 앞에서 어떤 포즈를 취했고 또 감독님의 어떤 칭찬을 받았는지에 대해서만 늘어놓았다. 눈을 감고 자신을 감싸안은 그녀는 행복을 잔뜩 만끽하고 있었다.

"나, 아줌마가 왜 밤마다 울고 있는지 알아냈어. 거기 예전부터 아줌마가 장사를 하던 터였잖아. 기억 안 나?"

내가 나레카에게 묻자, 나레카는 연신 웃으며 대답했다.

"몰랐어? 근데 그게 뭔 상관이야. 다른 데 가서 하면 되지. 아줌마도 참, 그렇게 고집부려서 될 일이 아닌데. 한국 봉사단은 단지 우리를 도와주기 위해서 거기에 우물을 판 것뿐이야. 도와준다는데 뭐 협조해야지."

나는 어이없는 표정으로 동생을 쳐다봤다.

"너 어떻게 한 동네에서 쭉 살아온 아줌마의 마음을 이해 못 할 수가 있어? 그 외국인들은 그렇다고 쳐도 우리는 이해를 하고 같이 싸워야 되는 거 아니야? 그리고 이미 마을에 우물이 세 개나 있는데 굳이 하나 더 설치해야 할 이유는 뭐야?"

나레카가 고기를 썰다말고 나를 노려봤다.

"오빠는 뭐 잘하고 있는 줄 알아? 그거 다 오빠 때문이잖아. 오빠가 매일 거짓말로 연기를 해서 우리가 불쌍한 존재가 돼버려서잖아. 마을 사람들 모두 말 안 하지만 오빠가 하는 일 되게 거북해해. 우리는 필요 없는 사람들의 동정의 눈빛을 만들고 있다고 말이야."

나는 화가 나 밖으로 나와버렸다. 정처없이 걸었다. 내가 정말 그런 걸까. 내가 힘들게 연기해서 얻어낸 것은 사람들의 동정인 걸까. 나는 내 연기로 도움이 필요한 사람이 도움을 받았으면 좋겠다고 생각했을 뿐이다. 아니다, 어쩌면 사실 나 편한 대로 믿어버린 것일지도 모른다. 썩은 물을 마시는 척할 때, 며칠을 굶은 것처럼 바닥을 길 때, 있지도 않은 사실들을 연기할 때 나는 거짓말을 하는 거짓말쟁이에 불과했던 것이다. 나는 내 마음대로 내가 배우라고 규정지었지만 사람들을 속이는 거짓말쟁이에 불과했다. 그리고 나를 통해 최대한 안쓰럽고 괴로운 모습을 연출한 영상은 아프리카에 대한 편견을 만들어내고 있었다. 무조건적인 동정심이야말로 우리의 경제를 침체시키고 있었다. 밤이 되자, 조지 아줌마의 슬픈 울음소리가 마을에 울려퍼졌다.

촬영을 그만두겠다고 말하려 집을 나섰다. 한참을 걷는데, 저 멀리 광장 근처에서 아이들이 일렬로 서 있는 게 보였다. 후원 차가 온 것일까. 아이들은 서로의 머리를 확인하고 옷매무새를 다듬었다.

"야 이번에 후원 차에 걸린 사진 봤어?"

"아아 그 임산부? 어디서 많이 본 사람 같던데."

"야, 그렇게 불쌍한 사람을 우리 주변에서 어떻게 보냐. 하여튼 후원 단체는 정말 대단한 것 같아. 저렇게 고통스러운 사람들을 어떻게 찾아서 도와주는 거지? 진짜 존경스러워."

아이들이 하는 후원 차에 대한 이야기를 들었다. 나도 오랜만에 보는 후원 차가 반가워 후원 차로 갔다. 저 멀리 차에 걸린 사진이 보이는데, 아이들 말처럼 임산부의 사진이었다. 나는 몇 걸음 앞으로 걸어가다가 걸음을 멈추고 말았다. 그녀였다. 거기엔 나레카가 걸려 있었다. 후원 차에 큼지막하게 걸린 동생의 사진.

그녀는 배를 감싸 안고 바닥에 엎드려 있었다. 오로지 나레카만 본다면 그녀를 잘 아는 나는 그녀가 고혹적인 포즈를 지으려 한 걸 알 수 있었다. 하지만 어둡게 보정을 하고. 그녀의 얼굴에 검댕이를 묻히자, 그 사진은 바닥에 붙어 절규하는 난민의 사진으로밖에 보이지 않았다.

그녀는 한순간에 비참하고 안쓰러운 난민이 되었고 사람들의 동정을 받는 여자가 되어 있었다. 그녀에게 어떻게 된 건지 묻고 싶었지만 뒤돌아섰을 때 이미 내 뒤에서 사진을 보고 넋이 나간 동생이 보였다.

"아니야, 저건 내가 아니라고. 여배우처럼 보이게 해주겠다고 했는데."

그녀는 주저앉아 울기 시작했다. 배를 어루만지며 울음을 터뜨렸다.

There is no hope.

사진 아래 적힌 글자는 지워지지 않았다.

그늘에서 불을 피우는 사람
—『전태일 평전』을 읽고

전태일을 떠올리면, 흑백영화 한 장면이 그려진다. 땀에 전 청년이 외투에 불을 지른다. 휘발유 냄새와 살타는 냄새가 거리를 에워싸고, 처참한 죽음의 현장에서 노동자들이 밀물처럼 터져나온다. 감동적인 유언을 남긴 채 전태일이 눈을 감는다. 그 뒤로 수십 년 동안 우리는 불평등한 노동법을 개선하려 노력하는 사회를 만들었다. 원작『전태일 평전』, 각색은 나다. 어디서부터 진실이고 어디까지가 상상일까.

전태일이 분신을 하고나서 노동자들이 쏟아져나오고 노동문제가 지식인들에게 뿌려졌으나 전태일은 평화롭게 눈을 감지 못했다. 날 때부터 배가 고파 기차를 훔쳐 타던 아이는 죽을 지경이 돼서도 "배고프다"라는 말을 중얼거리다 갔다. 1,5000원짜리 주사를 맞을 돈이 없어 그는 이틀이나 병원에 방치됐다. 전태일의 죽음으로 사회는 근로노동법에 대한 의식을 갖게 됐지만, 2016년에도 최저임금이 만 원을 넘지 않는다. 공교육에서는 노동에 대한 과목을 개설하지 않는다. 권리도 모른 채 노동시장에 뛰어든 청소년들이 최저임금을 따져 물을 수 있는 확률은 얼마나 될까. 한국은 OECD 국가 중 최저임금을 못 받는 근로자 순위로 3위를 차지했다. 입에 담기도 어둡기에 진실은 응달의 이끼처럼 쉬쉬 돋아난다.

기록적인 폭염에 사무실과 상점마다 에어컨을 틀지만 빈민층은 도시 꼭대기로 밀려났다. 눈에 보이지 않기에 모른 척했던 가난이 중산층 몰락이라는 이름으로 곳곳에 도사리기 시작했다. 언제부턴가 이 땅은 '헬조선'이라고 불리지만 누군가에게는 늘 지옥이었을지도 모른다.

전태일이 청소년기와 청년기를 보냈던 60년대를 '한강의 기적'이라고 부른다. 그때에 가난은 굶주림을 말했다. 지금의 가난은 중산층에서 밑바닥으로 떨어지게 되는 탈락공포를 말한다. 가난도 허물을 벗고 성장하지만 예나 지금이나 시대를 관통하는 진리가 있다. 가난은 인간성을 망가뜨린다. 전태일이 서울거리에 와서 처음 한 고민은 '동생을 어디에 버릴까'였다. 동생을 미아보호소에 보내고, 전태일은 구두 통을 메거나 손수레 뒤밀이를 했다. 열여섯, 성장판이 활짝 열려 있는 나이다. 보리밥에 캬베츠(양배추), 고추장 한 숟가락, 단백질 섭취는 없다. 그렇게 부실하게 먹고 막노동을 하다가는 어른이 되어 관절염에 시달릴지도 모른다. 배고픔과 피로, 서울이라는 '부한 환경'에서 전태일은 인간성이 자근자근 밟히는 경험을 한다. '한강의 기적', 아이러니하게도 인간성을 지킬 수 있게 해주는 기적은 가난하고 남루한 가족들 사이에서 피어났다.

나는 오랫동안 가난을 인정하기 싫었다. 재개발 붐이 움트기 전인 98년에 나는 엄마 뱃속에 담겨 강남에서 군 단위 시골로 이사했다. 대책 없이 귀농을 한 후, 현실에 적응하지 못해 떠도는 아버지 때문에 학원도 마음껏 못 다녀봤다. 이런 환경에서 내가 볼 일 없는 '만약'을 그려보는 건 당연한 일이다. 돈에 구애받지 않고 명품 옷을 입고 과외도 받아보고 싶었다. 권위밖에 남은 게 없어 아버지는 아침인사라도 빠뜨리면 지구가 무너지는 듯 길길이 날뛰었다. 엄마와 아빠는 밤늦게 들어왔는데, 어른들의 눈을 피해 밥을 먹지 않고 텔레비전을 줄곧 봤다. 어린 시절에 공부습관을 잡지 않으면 커서도 집중하기 힘들다. 배고프지 않았다. 그러나 남들이 학원에서 문제를 풀고 가족여행을 가는 동안, 내 인생의 중요한 시기가 떠나는 걸 느꼈다.

전태일의 어머니는 아이들과 함께 살기 위해 하혈을 하면서도 서울에서 일했고, 머리카락을 잘라 팔았다. 그런 어머니 밑에서 자라서인지 전태일은 가족들을 위해 돈을 모으고 사글세를 얻었다. 전태일의 청소년기는 한집에 살고 싶다는 몸부림으로 내내 흔들린다. 가난하고 끈끈한 가족 속에서 전태일은 평화시장의 임금노동자가 되었다. 당당한 아들이 되리라. 그때까지도 전태일은 노력이 뭔가를 쥐어줄 거라는 꿈을 뜰에 심는 청년이었다. '주인의 공을 갚고 이해 안에 재단사가 되자' 그러나 주인의 공을 갚고 재단사가 되기 위해서 너무나 많은 노동력을 착취당했고, 여공들이 착취당해 병드는 일상을 목격한다. 인간시장을 유지하기 위해서는 목숨 몇 개, 돈 몇 푼이면 된다는 사실을 깨닫게 된 것이다. 사실 눈앞의 불평등을 모른 척하면 언젠가 그 불평등이 목을 조르리라는 걸 우리는 알고 있다. 그러나 당장 얻을 불이익이 두려워 눈을 감고, 따뜻한 냄비 속에서 잠든 개구리가 되기를 선택한다.

전태일은 불평등이 자신과 가족, 노동자들을 죽일지도 모른다는 위기에 눈을 감기보다 깨어나기를 선택했다. '허리가 결리고 손바닥이 부르터 피가 나고, 손목과 다리가 조금도 쉬지 않고 아프니 정말 죽고 싶다' 공장주들에게 직공들은 인간시장을 떠돌아다니는 뜨내기였고, 쓰다 자를 실밥이었다. 노동자들에게 가족애를 느끼기 시작한 순간부터 전태일은 모난 돌이 되고 말았다. 이제 세상은 바뀌어 불평과 불편함을 문제로 삼는 사람들을 예민하다고 한다. 여자아이들이 생리대가 없어 수건을 깔고 누워있는 모습을 보고 돈을 아끼면 생리대를 사라고 한다. 그것을 빨아 널 시간과 햇빛이 드는 창문을 가졌다면 그들이 생리대가 없어 학교를 빠지는 일은 없었을 것이다. 인간시장에서 아이들이 폐병에 걸려 죽는 모습을 보고 그는 노동자를 등쳐 먹고 기적을 외치는 사회를 본다. 한강이 흐르는 서울 땅 위에서 전태일은 근로 노동법 책과 불타오른다.

앞으로 발 담구어야 할 세상에 몇 번이나 걷어차일지 모르겠다. 시골 영세 농민의 자식, 최저임금으로 월세도 내기 힘든 사회에서 내가 나로 남을 수 있을까. 평화시장이 인간시장으로 불리던 시절은 저물었으나, 자본주의 사회에서 인간시장의 계층은 더 세분화됐다. 밥벌이를 위해 낯을 몇 번이고 깎을 각오가 아직 되어 있지 않다. 나는 아직 자존감을 가지고 사는 인간이고 싶다. 노동시장에서 소외되는 이유를 나에게서 찾고 싶지 않다.

우리에게는 컴퓨터와 스마트폰이 있다. 검색 몇 번으로 우리는 세상 속 모든 비극을 열람할 수 있다. 너무 많은 정보가 흘러다닌다. 한눈에 보기도 힘든 비리와 잘못된 법들이 눈앞을 떠돌아다니고 있는데, 사람들은 꼭 5대 비극을 보듯이 거리를 두고 슬퍼한다. 재벌과 깡패, 언론의 관계를 여자와 술로 헐벗긴 작품은 보지만, 노동 그 자체를 다룬 드라마나 영화는 흥행에 실패했다. 재미가 없어서 그런 것일까. 사태를 관망하는 제3자가 되고 싶어서일까. 전태일이 죽고 나서도 우리는 노동을 알지만, 노동과 대화하고 싶어 하지 않는다.

사마천은 '사람은 누구나 한 번 죽지만 어떤 죽음은 태산보다 무겁고 어떤 죽음은 새털보다 가볍습니다. 이는 죽음을 사용하는 방향이 다르기 때문입니다'라고 자신의 거세를 설명했다. 전태일은 인간으로 있기 위해 불을 피웠다. 그가 피운 불꽃 밑에서 우리는 또다시 법을 뒤적여야 한다. 노동과 이야기를 해야 한다.

중닭

선생님은 할 수 있다고 하던데
이번에도 낙방이다

자취방으로 돌아가는 길
과연 내가 무얼 할 수 있을까
뒷머리 뒤로 바람이 인다

양계장에도 서리가 들었는지
올해 닭들은 알을 많이 안 낳아
어제보다 더 바래져 있는
전화기 속 고향 아버지의 목소리
무기한 연장근무 중인 아르바이트
기름통 속 치킨이 알맞게 익어간다

퍽퍽한 장닭보다 중닭을 좋아하는 사람들
잘 키운 말년 한 마리보다
중닭 두 마리가 싸고 양도 더 많으니깐
쉽게 전달되던 해고 통지서와
싸게 쓰이고 버려지던 사람들
경쟁력이 없는 수탉들은
병아리 시절부터 누군가의 모이가 된다

집으로 가기 위해선
우린 살을 찌우고 벼슬도 세워야 하니까
그래야 이곳을 나갈 수 있으니까
아르바이트는 경력이 될 수 없는 걸까
그렇게 우린 중닭이 되어간다

돼지감자, 피어나

감자 같지도 않은 게 감자란다
이번 봄에도 거뭇한 주름 하나 늘었다

높새바람이 검은 손에
주름 하나를 더 잡는다
살다보면 손에도 이랑과 고랑이 생긴다
씨눈은 손 마디마디에 흉터로 잠든다
밭에 제 손마디를 심는 줄도 모르고
씨눈을 뿌리고 있다

노랑, 잘 말린 꽃 머리가 얼굴을 들었다
얼마 전 사랑방을 비웠다던 막내 삼촌
이만치면 다 키워놨다 싶다

꽃말은 울퉁불퉁한 돼지감자의 손발이 되고
손길이 지나칠 때면
제 멱을 갈며 노래를 부르기도 한다
유난히 울퉁불퉁한 자식 하나 남는 법

이번 봄에도 현관에는 택배 상자가 도착할까
거실 곳곳에 못난 감자들이 얼굴을 드민다
이만치면 됐다고 노끈을 우지끈 묶는다

할아버지의 한 해가 기운다
부엌에서는 감자 볶는 냄새만 가득하다

소녀의 우화

뼈 마디마디, 고개 숙인 곳엔 꽃이 피지 않아요. 손등에 자라는 마디마디의 털, 손톱도 깎아두지 마세요.

조만간 지게를 만들겠어요. 그 위에 할머니를 태우고 오동나무 숲길을 걷겠어요. 가는 길, 미로는 뒤틀리면 좋겠고요. 이제 보채지 마세요.

오동나무 가득한 이 숲길. 할머니는 숲 속에서 홀로 아닌 밤을 지새우세요. 나는 빨갛게 물든 망토를 두르고 이곳을 몰래 나갈게요.

집으로 돌아가는 길, 울음소리는 매일이고 사나워요. 내가 할머니를 가까이 할수록 문밖의 늑대들은 나를 찾아오니까, 동화보다 아름답게 나를 괴롭히니까. 할머니 어제보다 더 굶주려 구원을 바라지 마세요.

어쩌면 저 침대에 누워 있는 저 몸뚱이는 할머니가 아니라 늑대일지 몰라요. 식량은 다 떨어졌고요. 나의 일터는 소멸했어요. 먹을 것이 없다면 입이 줄어야 인지상정인데, 우리가 서로를 잡아먹을 수 없잖아요. 할머니를 늑대라고 믿을 수밖에……

할머니를 산으로 버리고 돌아오는 길, 식탁 위에 양식이 늘었을 텐데, 나는 왜 이렇게 눈물이 나는 걸까요.

어떤 음악회

공사판의 화음을 쌓아올려
음악회를 열어볼까
슬레이트 철문에 귀를 가져다 댄다
이어폰은 필요 없다
판자 위에 내리치는 망치의 튕김
죽음의 랩소디, 연주가 시작된다
생활에 쫓기거나 쫓아가거나
음악을 모르고 사는 것들은 없다
생계의 끄트머리에 겨우 매달린 사람들
하나 둘 각자의 연장으로 화음을 맞춘다
포클레인이 무대의 중심을 쌓아올린다
하얀 헬멧과 흙 묻은 작업복은
연출된 유니폼이다
빨간 야광 봉을 흔들며 내일을 모집한다
비켜가거나 모여들거나
우리를 제외하곤 넘지 못하는 스탠딩 구역이다
전율이 다 할 즈음
음악의 끄트머리에
마지막 벽돌을 내려놓도록 하자
이 무대 위에
고루 섞은 음계들을 쏟아넣으면
까만 밤, 시멘트로 잠기는 막장극

호더

　모서리가 부서져 파편이 흩어진 계단은 건물 외벽에 붙어 있었다. 국장이 가장 먼저 계단을 올랐고, 간사와 자원봉사자들이 뒤를 이었다. 나는 구호팀 행렬의 꼬리에서 다 닳아버린 미끄럼방지 신주를 밟고 몇 번이나 넘어질 위기를 넘겨야 했다. 난간을 움켜쥔 손에 부서진 시멘트 가루가 묻어났다. 손을 바지에 문질러 닦았다. 행렬이 잠시 멈추고 문을 두드리는 소리가 들렸다. 할머니, 문 좀 열어보세요. 한 계단 위에 서 있던 은진 언니는 그 틈을 타 뒤돌아 나를 내려다보며 말했다.

　"들어갈 수 있지?"

　대답할 겨를도 없이 행렬은 다시 움직였다. 열린 문 사이로 보이는 어둠에 잡아먹히듯 우리는 행렬의 머리에서부터 빨려 들어갔다. 은진 언니 역시 앞사람을 쫓았다. 주민들은 녹색 철문 밖에서 우리를 올려다보고 있었다.

　사람들은 방 여기저기로 흩어지기 시작했다. 20평 남짓한 좁은 집에는 이미 40여 마리의 개가 들어차 있었다. 발 디딜 틈 없이 혼잡한 방 안으로 15명의 구호팀이 전부 들어가기 위해서는 안쪽 구석부터 차례로 자리를 채워야 했다. 내가 어둠으로 빨려들 차례가 가까워졌다. 개떼가 짖어대는 소리가 선명하게 들려왔다. 나는 문턱을 경계로 어둠 앞에서 망설였다. 은진 언니는 아무렇지 않은 듯 내 손목을 끌어당겼다. 집 안으로 들어섰다. 밖으로 뛰쳐나오려던 개들이 현관 앞에 설치된 울타리를 긁어대고 있었다. 문 옆에 서 있던 국장은 내가 마지막인 것을 확인하고 문을 닫았다. 낮인데도 온 방 안이 어둠에 휩싸였다. 옷과 수건, 이불 등이 기둥처럼 쌓여 창문을 막아버린 탓이었다. 나는 은진 언니의 소매를 잡았다. 코를 찌르는 심각한 악취와 사방에서 들려오는 수십 가지의 울음소리에 겁이 났다. 어둠 속에서 빛나는 눈들이 어슬렁거리며 우리 주위를 맴돌았다. 비쩍 말라 일어서지 못하는 개들은 구석으로 몸을 숨기고 경계했다. 바닥에 널브러진 쓰레기와 분변이 밟혔다. 헛구역질이 났다.

성적표를 들고 들어오는 담임을 보며 반 아이들은 야유를 보냈다. 반 전체가 소란스러워졌다. 이번 중간고사 성적표를 배부하겠다. 담임은 다음 주 월요일까지 성적표에 부모님 사인을 받아오지 않으면 부모님께 따로 연락을 드리겠다며 엄포를 놓았다. 아이들이 서로 귓속말을 하며 담임의 흉을 보았지만, 담임은 아랑곳하지 않고 번호 순서대로 호명했다. 아이들은 자신의 이름이 불리자 교탁에 느릿느릿 다가갔다. 나보다 앞서 성적표를 받은 아이들의 표정이 일그러졌다.

"박혜원."

이름이 불리는 순간 담임과 눈이 마주쳤다. 자리에서 일어나는 나를 보며 담임은 활짝 웃었다. 성적표를 받아들고 돌아섰다. 담임은 내 뒤통수에 대고 각주를 다는 것을 잊지 않았다.

"이번에도 2등. 덕분에 수영이는 부동의 1위네. 경기는 엎치락뒤치락하는 재미로 보는 건데."

아이들의 웃음소리가 간간이 들려왔다. 나는 고개를 들지 못하고 자리에 앉았다.

"웃긴 뭘 웃어. 반에서 2등도 못하는 것들이. 다 조용히 하고 자습해."

손끝에 힘이 들어갔다. 성적표가 구겨졌다. 옆자리에 앉은 진주는 곁눈질로 내 성적표를 들여다보았다. 계속해서 다른 이름이 불렸고 내 옆으로 많은 아이들이 스쳐 지나갔다. 구겨진 성적표를 책상 서

랍 밑으로 숨기며 엎드렸다. 진주는 머쓱한 듯 웃었다. 내 감은 눈 위로 손바닥을 펼쳐 흔들었다.

"하지 마."

"네가 왜 엎드려? 1등 노릴 실력이면 잘하는 거지. 성적표 보고 엎드릴 일이 뭐가 있어?"

"시비 걸려고 깨운 거면 조용히 해. 이제부터 잘 거야."

"야, 시비라니? 그게 아니고…… 아, 됐다. 너한테는 안 알려줘."

의미심장한 진주의 말에 고개를 들었다. 어느새 토라진 진주는 책상 위에 엎드리고 말았다. 진주의 팔을 톡톡 건드리며 진주의 이름을 불렀다. 진주는 얼마 못 가 한숨을 쉬며 나를 흘겨보더니 가방 속에서 종이 한 장을 꺼내들었다.

"너 봉사시간 한 시간도 못 채웠다며. 혼자 60시간 언제 채울래? 한 번 갈 때마다 10시간씩 주는 데 알려주려고 했더니."

진주는 눈앞에서 웬 약도를 흔들었다.

"아는 언니가 일하는 데야."

"이상한 데 아니지?"

진주가 고개를 끄덕였다. 진주의 손에서 흔들리던 약도를 받아들었다. 모서리에 구호동물 입양센터라는 글자가 적혀 있었다. 성적표 사이에 약도를 끼워넣었다.

반에서 기묘한 분위기가 감돌기 시작한 것은 그로부터 며칠이 지난 후의 일이었다. 반 아이들의 노트가 하나둘씩 사라지기 시작한 것이다. 그날은 매일 한 권씩 사라지던 노트가 네 권째 사라지던 날이었다. 수영의 노트. 반에서 1등을 놓친 적이 없던 수영의 노트가 사라졌다는 소식에 반 전체가 술렁였다. 말은 하지 않았지만, 서로가 서로를 의심하고 있다는 것은 알아차릴 수 있었다. 처음 노트의 부재를 깨달았을 때, 수영은 자신의 일이 아닌 것처럼 무척 침착했다. 어딘가에 두고 잊은 것이 아닐까 생각하며 왔던 길을 돌아보기만 할 뿐이었다. 하지만 시간이 지날수록 결국 노트가 누군가의 손에 의해 사라졌다는 생각을 떨쳐버릴 수 없던 모양이었다. 종례 시간이 가까워질 때까지 범인이 나타나지 않자 수영의 친구들은 수영 대신 나서서 반을 수색했다. 마음대로 아이들의 책상 서랍과 사물함을 열어보기도 했다. 나 또한 마찬가지로 그 작업에서 벗어날 수 없었다. 수영의 친구들은 내 서랍과 사물함을 열어보았다. 그러나 끝내 수영의 노트를 찾지 못했다. 그럴 수밖에 없었다. 수영의 노트는 내 가방 속에 들어 있었으니까.

좁은 방 안으로 들어섰다. 방 안에는 이 집의 주인으로 보이는 할머니가 앉아 있었다. 은진 언니가 내 귓가에 작은 목소리로 속삭였다. 잘 설득해야 돼. 짜증내면 안 되고 소리를 질러도 안 돼. 사람의 정이 필요하신 분이야. 나는 고개를 끄덕였다. 언니는 옷깃을 잡은 내 손을 잡아내렸다. 의지하던 지팡이를 잃은 듯 나는 잠시 휘청였다. 언니가 먼저 할머니를 향해 걸었고, 나도 곧 언니를 따라 어둠 속의 어렴풋한 빛에 의지하며 할머니에게 다가갔다. 손끝으로 벽을 짚으려 했지만, 벽을 가득 메운 짐들 때문에 어쩔 수 없이 눅눅한 옷가지를 만져가며 걸었다. 언니는 할머니 곁에 앉았다. 오물로 가득한 바닥에 언니의 옷이 젖어들고 있었다. 할머니, 저희 또 왔어요. 몸은 괜찮으세요?

은진 언니의 말에 의하면 할머니는 오래 전 남편을 잃었다고 했다. 휴가를 내고 병원으로 달려오던 남편이 차에 치여 쓰러지던 때, 할머니는 막내아들을 낳았다. 남편과 똑 닮은 아들이 태어난 날로부터 할머니는 두 딸과 아들 하나를 홀로 키워야 했다. 당연히도 시간은 흘렀고, 아이들은 자라서 할머니의 둥지를 떠났다. 자식들이 가정을 꾸리자 할머니는 혼자 남게 되었다. 곁에 남은 것은 낡고 허름한 집, 오래되어 부서진 가구들과 늙은 개뿐이었다.

은진 언니를 따라 할머니 옆자리에 앉았다. 할머니는 언니와 나를 번갈아 보더니 내게서 시선을 멈추었다.

"이제는 애까지 데리고 오냐?"

할머니가 못마땅하다는 듯 말했지만, 언니는 아무렇지 않게 싱글 벙글 웃으며 답했다.

"고등학생인데 봉사활동을 하겠다고 해서 잠시 저희랑 같이 다니고 있어요. 예쁘죠? 어린 데도 참 빠릿빠릿해요."

"그러냐?"

은진 언니는 계속해서 할머니에게 말을 걸었다. 개들이 어둠 속에서 눈을 빛내며 우리 사이를 몇 번이고 지나다녔다. 그럴 때마다 언니는 당연하다는 듯 털을 쓰다듬었다. 센터 안에 있는 아이들을 대하듯. 나도 은진 언니를 따라 손을 뻗었으나, 오물에서 구르고 오랫동안 씻지 못한 채로 방치되었던 개들을 쓰다듬는 것은 망설여졌다. 끝내 나는 닿지 못했다.

"아가야, 니는 왜 벌벌 떨고 있냐. 무섭냐?"

"아, 이 친구가 처음이라…… 그나저나 할머니, 식사는 하셨어요?"

은진 언니는 할머니의 비위를 맞췄다. 구호팀은 방 곳곳을 돌아다니며 바닥에 가득한 오물을 닦고 쓰레기와 찢어진 휴지조각들을 쓸어담았다. 기둥처럼 쌓인 침구와 옷들을 빨아 옥상에 널거나 기운 없이 엎드려 있는 개들에게 사료를 먹인 후 다친 곳을 치료하기도 했다. 할머니는 눈 하나 깜박하지 않은 채 그 손길을 받았다. 우리가 기다리던 말은 나오지 않았다. 6시를 알리는 알람이 울리자 구호팀은 하던 일을 멈추고 일어섰다. 개들은 낯선 소리에 놀라 크게 짖어댔다. 문을 지키던 국장이 자신의 근처를 지나치는 개들을 하나하나 쓰다듬으며 할머니에게 다가왔다. 다음에 또 오겠습니다, 하고 말하며 고개 숙여 인사했다. 그리고 행렬의 머리가 되어 집을 빠져나갔다. 구호팀 또한 들어올 때와 마찬가지로 국장을 따라 나가기 시작했다. 나와 언니는 역시 가장 꼬리에 있었다. 계단을 내려가며 행렬이 빠져나온 어둠 속을 돌아보았다. 어둠과 빛의 경계선, 현관에서 할머니는 우리를 내려다보고 있었다. 어둠 속에서 빛으로 빠져나오기를 망설이는 것처럼. 할머니는 우리가 골목에서 완전히 사라질 때까지 행렬을 지켜보았다. 나는 언니의 소매를 잡았다.

오래 전, 할머니에게는 한 마리의 개가 있었다. 아들이 데려온 훈이. 아들이 혼자 남을 할머니를 위해 남긴 개였다. 그러나 훈이의 시간은 조금 더 빨랐다. 훈이는 할머니보다 빠른 속도로 늙어갔다. 끝내 훈이의 죽음은 할머니를 혼자 남게 했다. 자식들은 할머니를 찾아오지 않았다. 외롭게 남은 할머니는 어느 날부터 집 근처를 떠도는 유기견들을 하나둘씩 집으로 데려오기 시작했다. 다시는 혼자 남지 않도록. 유기견이 늘어날수록 집은 쓰레기와 오물로 가득해졌고, 개들은 빠르게 번식했다. 사람들은 할머니를 애니멀 호더라고 불렀다. 제 분수에 맞지 않게 많은 양의 동물을 기르려고 하는 사람.

"언니, 왜 개들을 데려오지 않는 거예요?"

골목을 돌아서자마자 언니에게 물었다. 강제로 개들을 데려온다면 다시 이런 지저분한 곳에 찾아오지 않아도 될 것이고, 그렇다면 센터 사람들도 괜한 인력을 낭비할 필요가 없을 터였다. 그러나 국장은 다음에 또 오겠다고 말했다. 나는 그것이 못마땅했다.

"아직은 못 데려와."

"왜요?"

"동물은 물건으로 분류돼서 소유권이 주인에게 있거든. 그래서 주인의 동의가 없으면 우리가 함부로 그 애들을 데려올 수 없어."

"학대나 마찬가지라면서요. 소유권을 뺏을 수는 없어요?"

"그랬으면 참 좋을 텐데……."

언니는 내 질문에 대답하는 동안 단 한 번도 나를 돌아보지 않았다. 언니의 말끝에 한숨이 섞여 있었다.

"동물보호법은 직접적인 상해를 입힌 경우에만 학대라고 규정한
대. 단순 방치는 구조나 보호 조치 대상에서 제외돼서 그런 경우에
는 주인이 소유권을 포기해야만 동물을 인계받을 수 있어. 그런 절
차 없이 데리고 오면 절도가 돼. 심지어는 주인이 변심하면 돌려줘
야 하고."

나는 주름으로 가득한 할머니의 얼굴, 먼지 뭉치 같은 개들의 모
습을 떠올렸다.

"인간이 가지고 싶은 대로 모든 게 다 인간의 소유가 될 수 있다는
거 말이야. 제 욕심이 채워질 때까지 소유하려고 드는 거, 어때? 어
떻게 생각해? 참 대단하지? 그 욕심은 아마 평생 사라지지 않을 거
야."

구호팀의 행렬은 어느 큰길가에서 은진 언니의 목소리처럼 흔들
리다 흩어졌다. 나는 행렬에서 떨어져나와 어디로 가야 할지 알 수
없었다. 가방 속에 든 네 권의 노트가 점점 더 무거워졌다.

하루도 빠짐없이 새벽까지 혼자 공부했다. 카페인 음료를 하루에
두 캔씩 마셔가며 버텼다. 코피를 쏟는 것은 아무렇지 않은 일이었
고, 위염에 걸려 아픈 날에도 인터넷 강의를 거르지 않았다. 책상 위
에 놓인 네 권의 노트를 바라보았다. 각각 다른 이름과 다른 글씨체
를 담고 있었다. 노트 네 권이 책상을 가득 채우고 있는 것만 같았다.
한동안 정리하지 않았던 책상을 깨끗하게 치웠다. 여전히 답답했다.
고개를 돌려 침대 옆 협탁에 놓인 거울을 바라보았다. 무엇도 남아
있지 않은 것 같은 공허한 표정이었다. 자신의 개들을 바라볼 때 할
머니의 표정과 무척이나 닮아 있었다. 텅 빈 눈동자 속에 유일하게
남은 욕심이 비쳤다. 나는 다급하게 고개를 숙여 책상을 바라보았
다. 노트 더미 가운데 유난히 수영의 노트가 도드라졌다. 수영의 노
트를 펼치려던 순간, 문이 열리는 소리가 들렸다. 엄마였다. 노트 더

미를 책상 밑으로 숨기며, 책상에 올려두었던 성적표와 볼펜을 들고 거실로 나갔다. 엄마는 슈퍼 마감 시간에 맞춰 장을 보고 왔는지 양손에 짐을 가득 들고 있었다. 부엌에 짐을 가져다놓고 식탁 의자에 앉는 엄마를 보았다. 나는 그 건너편에 앉았다. 그리고 성적표와 볼펜을 건넸다.

엄마는 내 성적표를 한 번 들여다보더니 이번에도 2등이나 했네? 잘했다, 하고 말하며 사인했다. 나는 의자를 당겨 엄마에게로 가까이 다가가 앉았다.

"잘했다는 말 들으려는 게 아니라…… 나 아무래도 학원 하나 더 다녔으면 좋겠는데."

엄마는 아무 말 없이 성적표를 다시 한 번 확인하고 나를 바라보았다.

"이 정도면 충분하지 않니? ……혜원아, 엄마는 네가 1등 하는 걸 바라는 게 아니야."

"엄마는 아니어도 나한테는 필요해."

"혜원아, 그러지 말고…… 다음 시험까지만 기다려보면 안 될까?"

엄마와 나 단둘이 살기에 부족함은 없다고 여겨왔지만, 고개를 숙이는 엄마의 모습에 괜히 화가 났다.

"됐어. 보내주기 싫으면 그렇다고 말해. 돌려 말하지 말고."

엄마의 손에 들려 있던 성적표를 낚아채고 방으로 향했다. 방문을 세게 닫았다. 성적표를 책상 위에 아무렇게나 던지며 침대로 뛰어들었다. 이불을 머리끝까지 끌어올려 덮었다. 오늘 풀지 못한 문제집 범위가 머릿속을 맴돌았지만, 눈꺼풀이 무겁게 내려앉았다. 2라는 숫자가 가슴을 짓눌렀다. 까무룩 잠이 들었다.

나는 태어나자마자 아빠를 잃었다. 어쩌면 태어나기 전부터 그랬을지도 모른다. 내가 태어나던 산부인과에는 엄마를 제외한 어떤 가족도 존재하지 않았다. 그것은 엄마도 마찬가지였다. 나는 간호사의 축복을 받으며 태어났다. 아빠도, 할머니도, 할아버지도, 내게는 없는 사람이었다. 엄마는 혼자서 자랐고, 혼자서 나를 낳아 키웠다. 우리에게는 서로뿐이었다.

할머니 집에 다녀온 지 일주일이 지났다. 초코는 센터 로비를 청소하는 동안 내 주위를 맴돌았다. 뒷다리에 보행기를 달았는데도 날개가 달린 것처럼 센터를 휘젓고 다니던 초코가 대걸레 주변을 맴돌았다. 그러자 초코와 함께 복도를 달리던 개들이 하나둘 내게 다가왔다. 초코는 또 다른 애니멀 호더의 집에서 구출된 아이였다. 애니멀 호더인 노인은 끊임없이 번식하는 개들을 방치하고 개가 어느 정도 크면 개장수에게 팔아 돈을 벌어왔다. 초코는 개들을 공짜로는 내어줄 수 없다는 노인에게 한 마리당 3만 원씩을 주고 구매한 개들 중 하나였다. 국장은 이름 없이 살아온 갈색 푸들에게 초코라는 이름을 붙여주었다. 초코가 처음 센터에 들어왔을 때는 지금과는 다르게 축 늘어져 있었다. 할머니 집에서 보았던 기운 없는 개들과 무척이나 닮은 모습이었다. 노인에게 학대를 당해 뒷다리를 잃고, 네 발로 온전히 설 수 없었기 때문이었다. 그런 초코에게 국장은 보행기를 달아주었다. 보행기로 일어설 수 있게 되자 초코는 센터 전체를 누비고 다닐 만큼 활발해졌다. 내가 센터에 처음 찾아온 날에도 초코는 가장 먼저 내게 달려왔다.

진주에게 센터를 소개받은 주의 주말, 나는 무작정 진주가 전해준 약도를 들고 집을 나섰다. 마침 주말인데다 할 일이 없으니 한번 찾아가보자는 생각에서였다. 약도에 따르면 센터는 집과 얼마 멀지 않은 곳에 있었지만, 복잡한 골목을 돌아야 했다. 집과 학교, 학원을 제외하면 동네를 돌아다닐 일이 없었던 나는 한참을 길에서 헤맸다. 똑같은 담과 건물들이 끊임없이 이어지는 것만 같았다. 한 시간이 조금 넘게 골목을 헤매다 겨우 큰길로 빠져나왔다. 그 후에는 어디로 가야 할지 알 수가 없었다. 그때, 강아지를 산책시키는 여자가 내 앞을 스쳐갔다. 여자의 파란색 티셔츠에 적힌 '구호동물 입양센터 CARE' 문구가 눈에 들어왔다. 여자에게 다가갔다.

"저기……. 혹시, 구호동물 입양센터에 가시나요?"

"아, 네. 무슨 일이시죠?"

"봉사활동 하러 온 학생인데 길을 잃어서요."

"봉사? 아, 혹시 혜원이니?"

여자는 한참을 곰곰이 생각하더니, 무언가 생각난 듯 박수를 치며 내 이름을 꺼냈다.

"절 아세요?"

"맞구나. 진주한테 얘기 들었어. 언젠가 너 한 번 올 거라던데, 이렇게 일찍 올 줄은 몰랐네."

여자의 이름은 송은진이었다. 센터의 간사라는 은진 언니는 진주와 오래 전부터 친하게 알고 지내던 사이였다. 언니는 나를 센터로 데려갔다. 큰길가에 세워진 노란색 건물이었다. 건물 외벽에는 센터의 이름인 CARE 간판이 매달려 있었다. 언니는 산책을 시키던 강아지를 들어 올리며 건물 안으로 들어섰다. 센터의 문을 열자 문 앞에 설치된 울타리 안에서 뛰어놀던 개들이 짖기 시작했다. 은진 언니는 안고 있던 강아지를 울타리 안에 내려놓은 뒤 울타리를 살짝 제쳐놓고 내게 손짓했다. 개들은 나를 경계하며 짖었다. 그 가운데 가장 먼저 내게 다가와준 것은 초코였다. 울타리를 지나자 초코는 보행기를 타고 내 주변을 뱅글뱅글 돌았다. 나는 초코가 그리는 원 안에 갇혀 있었다. 언니는 내 손을 이끌고 카운터로 다가갔다. 초코는 내 뒤를 쫓다가도 금세 다른 간사의 주변에서 원을 그리며 돌았다. 카운터에는 은진 언니의 또래 정도로 되어 보이는 여자들이 파란 티셔츠를 입은 채 앉아 있었다. 언니와 같은 간사들이었다.

"지금 바로 하려고 온 거니?"

"그럴 수 있으면요."

은진 언니는 소형견이 모인 방으로 나를 데려갔다. 문을 열자마자 개들은 꼬리를 흔들며 짖었다. 내가 해야 하는 일은 개들의 몸에 이상이 없는지 확인하거나 바닥에 깔린 배변 패드와 신문지를 갈고 물그릇에 물을 채워주는 일이었다. 언니는 시범을 보이겠다며 수납장처럼 여러 개로 나뉜 직사각형 모양의 작은 칸, 개가 한 마리씩 들어간 투명한 우리를 열고 그 안에 있던 아이를 한 손으로 들어 어깨에 둘러멨다. 아이는 꼬리를 흔들며 우리 밖으로 나가기 위해 발버둥쳤다. 하지만 패드를 가는 순간은 너무 짧아서 밖으로 나온 시간은 고작 1분이 채 되지 않았다.

"매일 두 번씩 산책 갔다 오고, 초코처럼 반나절 동안은 센터에 풀어놓는데도 부족한가봐."

다시 우리 안으로 들어간 아이는 닫힌 문을 한참 동안 발톱으로 긁어대다가 결국 꼬리를 축 늘어뜨리고 우리 구석에 몸을 웅크렸다. 언니는 문을 잠갔다.

"대형견 방은 여기랑 좀 다르게 투명한 문이 아니라 철장으로 되어 있어. 해야 할 일은 똑같은데, 철장 문이 크니까 잘 단속하고. 아, 그리고 센터는 7시에 닫아. 6시부터 준비를 하거든? 그러니까 그쯤 되면 봉사활동 신청서 쓰고 가. 국장님한테는 내가 말씀드려 놓을게."

나는 고개를 끄덕였다. 은진 언니는 흡족하다는 표정을 지었다.

내게는 여전히 여러 권의 노트가 있었다. 학교, 집, 학원 어디에도 둘 수 없는 노트를 매일 가방에 넣어 짊어지고 다녔다. 중간고사가 끝난 지 얼마 되지 않은 시점에서 가져온 노트에는 많은 내용이 적혀 있지 않았다. 이미 아이들의 노트로 복습을 끝냈지만, 처리할 방법을 찾지 못했다. 여전히 반 친구들은 서로를 의심하는 것을 멈추지 않았다. 한시라도 빨리 노트를 처리해야만 했다. 노트 더미가 든 가방을 구석에 잠시 내려놓고, 나는 대형견이 있는 방을 청소했다. 소형견이 지내는 곳보다 넓은 우리는 내가 들어가 돌아다닐 수 있을 정도였다. 나는 순돌이의 우리를 청소하고 있었다. 복날 산 채로 불에 그슬려 털이 빠진 자리가 검게 탄 개였다. 개장수에게서 키워진 순돌이는 자신의 부모를 잡아다 끓인 죽을 먹고 컸다. 그래서인지 이 센터의 아이들 대부분이 사람을 두려워하긴 했지만, 순돌이는 유독 심했다. 창살을 청소하는 동안에도 순돌이는 다른 개들과 달리 창살 밖으로 나가려고 하지 않았다. 구석을 파고들 뿐이었다. 건너편, 호이의 우리를 정리하던 은진 언니는 순돌이를 보며 말했다.

"혜원이, 여섯 번만 나온다고 했지? 60시간 채운댔으니까. 벌써 다섯 번째야? 그럼 앞으로 한 번 남은 건가? 다음번이 마지막 날이겠네?"

"네"

"그동안 할머니가 마음을 바꾸셔야 할 텐데."

"그러게요."

"그 애들은 여기 애들보다도 더 심각할 거야. 그렇지?"

은진 언니는 호이의 등을 쓰다듬으며 말했다. 호이는 한쪽 눈을 깜박였다. 학대로 한쪽 눈과 한쪽 다리를 잃은 호이가 언니의 품으로 파고들었다. 나는 대답을 할 수 없었다. 창살 문을 닫고 나오자 그제야 순돌이는 물그릇으로 다가가 물을 마시기 시작했다. 그 모습을 가만히 바라보았다. 철장을 잠그기 위해 손을 뻗는 순간, 국장이 방문을 열고 들어왔다.

"은진 씨, 여기 있었네? 미안한데, 오늘은 은진 씨가 센터 좀 맡아줘."

"센터요? 또 할머니 댁에 가시나요?"

"그래야지. 한시라도 빨리 구조해야 해. 개들이 많이 약해졌어."

은진 언니는 고개를 끄덕였다. 그리고 나를 한 번 바라보았다.

"혜원아, 그러면 나 대신 네가 할머니 말동무 좀 해드릴래?"

"네? 제가요?"

"내가 했던 것처럼만 하면 돼. 나는 센터를 지켜야 하니까……. 부탁해."

국장은 내게 어서 나와, 하고 말하고서 방을 나섰다. 매일 은진 언니의 소매를 잡고 행렬의 꼬리를 따랐는데, 국장의 바로 뒤에서 머리가 되는 일은 두려웠다. 나는 발치에 놓인 가방을 내려다보았다. 센터 문이 열리는 소리가 들렸다. 가방을 들고 구호팀과 함께 센터를 나섰다. 할머니의 집에 가는 길에 몇 번이고 노란 건물을 돌아봤다. 그러면 꼭 초코와 순돌이, 호이가 떠올랐다.

행렬은 다시 계단을 올랐다. 국장의 뒤를 따르면서 매번 나를 돌아봐주던 은진 언니의 뒷모습을 떠올렸다. 어둠 속으로 들어서면서 나는 소매를 잡을 사람이 없다는 사실을 깨달았다. 바닥에는 기운 없는 개들이 엎드려 있었다. 재빨리 벽을 더듬어 할머니 방을 찾았다. 저번과 같은 정중앙의 방을 찾았지만, 할머니는 어디에도 없었다. 나는 할머니를 기다리기 위해서 그 자리에 앉았다. 가방을 무릎에 올리고 방 안을 둘러보았다. 찢어진 휴지조각들이 바닥을 뒹굴었고, 창문을 뒤덮은 옷더미들과 낡은 책장이 보였다. 개들은 사방으로 늘어졌다. 가방을 내려다보았다. 그제야 노트 더미가 떠올랐다. 이곳이라면 그 누구도 노트를 찾을 수 없을 것이다. 그런 생각이 스치는 순간, 나는 노트 더미를 꺼내어 책장으로 다가갔다. 벽과 책장 사이의 좁은 간격으로 노트 더미를 밀어넣었다. 등 뒤에서 무언가 쏟아지는 소리가 났다.

"뭐하냐?"

할머니였다. 할머니는 방문 앞에서 나를 바라보고 있었다. 그때 할머니가 서 있는 자리에 쌓여 있던 옷가지들이 넘어졌다. 구호팀은 소리를 듣고 다가와 아무 말 없이 그 자리를 정리하기 시작했다. 온몸에 열이 올랐다가 가라앉았다. 굽혔던 허리를 펴고 가방을 멨다.

"그 처자는 오늘 안 오냐?"

다행히도 할머니는 내가 노트를 집어넣는 것을 보지 못한 듯 더는 아무 말 없이 바닥에 앉았다. 나는 할머니의 곁으로 갔다. 심장이 빠르게 뛰었다. 심호흡하며 눈을 깜빡였다. 나는 은진 언니가 하던 것처럼 할머니의 어깨를 주무르거나 시답잖은 농담을 던졌다. 할머니의 표정은 굳어진 채 풀어질 줄을 몰랐다. 구호팀은 여전히 방을 치우고 개들의 건강 상태를 점검했다. 나는 그 속에서 혼자 동떨어진 것만 같았다. 빈 가방이 무겁다고 생각했다. 알람이 울릴 때까지 나는 숨을 쉬는 법을 잊은 사람처럼 답답하고 어지러웠다. 시간이 지나고 국장은 알람 소리에 맞춰 할머니에게 고개 숙여 인사했다. 사람들은 국장의 뒤를 쫓았고 나도 그들을 쫓아야 했다. 그러나 할머니는 내 옷자락을 잡고 놓아주지 않았다.

"아가야, 아까 책장 뒤에 뭘 떨어뜨렸냐? 할미가 찾아줄 테니 거기 있어봐라."

"네? 아, 아니…… 괜찮은데……."

"괜찮긴 뭘 괜찮냐. 기다려봐라."

할머니는 다리를 끌며 천천히 책장으로 다가갔다. 할머니의 다리가 땅에 맞닿을 때마다 내 심장이 요동치는 것을 느꼈다. 할머니는 벽과 책장 사이의 좁은 구석으로 앙상한 팔을 집어넣었다. 갈고리처럼 마른 손가락에 걸려나오는 네 권의 공책들에는 하나같이 다른 이름들이 적혀 있었다. 할머니는 그 이름들이 적힌 표지를 하나하나 뜯어보았다.

"아가, 어떤 게 니가 쓴 글씨냐?"

할머니는 네 권의 노트 안쪽을 펼쳐 살피더니 내게 물었다. 그 노트들 가운데 내 글씨는 존재하지 않았다.

"요것들이 다 니 것이냐?"

나는 아무 말도 할 수 없었다. 내 것이 아닌 노트 더미가 할머니의 손에서 흔들렸다. 할머니는 내게서 눈을 떼지 않았다. 내가 먼저 할머니에게서 눈을 돌렸다. 책장 속에서 공책을 꺼낸 할머니가 내게 다가오는 모습을 보며 나는 도망치고 말았다. 행렬을 따라 오르내리던 계단을 홀로 뛰어내렸다. 언제 따라 나왔는지 할머니는 손에 노트 더미를 든 채 현관에서 나를 내려다보고 있었다.

다음 날, 아침 일찍 등굣길이었다. 내 손에는 영어 단어장이 들려 있었다. 중간고사가 막 끝나면서 수행평가 기간이 시작된 것이다. 영어 단어를 외우며 교문을 지났다. 평소보다 일찍 집에서 나왔는데도 벌써 학교 근처는 등교하는 학생들로 붐볐다. 나는 그 학생들 사이로 스며들었다. 교문으로 들어섰다. 경비 아저씨는 경비실 밖으로 나와 교문 근처를 어슬렁거리고 있었다. 그 주변으로는 한 무리의 학생들이 경비실을 둘러싸고 있었다. 그들의 손에는 네 권의 노트가 들려 있었다. 내가 가장 잘 아는 내용의 노트들. 나는 고개를 홱 돌리고 보폭을 넓혀 빠르게 걸었다. 하지만 뒤에서 들려오는 내 이름에 나는 뒤를 돌아보아야 했다. 노트를 들고 있던 아이들은 작년에 나와 같은 반이었던 아이들이었다.

"혜원아! 너 7반 아니야?"

"어? 맞는데…… 왜?"

수영의 노트가 사라졌다는 소식이 혹시 다른 반까지 퍼져나간 것은 아닐까. 가슴이 철렁 내려앉았다. 떨리는 목소리를 헛기침으로 가다듬었다.

"아, 이거 분실물인데, 보니까 다 7반 애들 거더라고. 네가 좀 전해 줘."

"분실물?"

모르는 척 시치미를 뗐다. 한 아이가 노트 네 권을 건넸다. 결국,

노트는 다시 내게 돌아왔다. 뒷짐을 지고 우리 주위를 산책하던 경비 아저씨는 내 손에 들린 노트를 보고 다가왔다.

"웬 할머니가 와서는 우리 학교 교복을 입은 학생이 두고 간 거라고 박박 우기길래 맡아놨는데, 진짜였나 보네."

아이들은 내게 노트를 건네고는 서로 대화를 나누며 본관으로 사라졌다. 나는 교문 앞에 혼자 노트를 든 채 서 있었다. 제일 위에 얹힌 수영의 주황색 노트가 보였다. 누가 보아도 수영의 노트라는 것을 알 수 있을 만큼 이름을 크게 적어둔 노트였다. 모서리에 오물이 조금 묻은 것 같기도 했다. 어제 마주 보았던 할머니의 표정을 떠올렸다. 아무 말 없이 나를 빤히 바라보던 할머니의 표정.

봉사 시간은 오늘로 60시간을 채웠다. 오늘을 마지막으로 더는 봉사활동을 하지 않아도 되는 것이다. 나는 마지막 행렬의 끝에서 은진 언니와 함께 계단을 올랐다. 이제 나는 신주를 밟고 넘어지지 않았다. 손에 시멘트 가루를 묻히지 않았고, 어둠과 악취, 울음소리를 두려워하지도 않았다. 가방도 메지 않았다. 늘 내 가방 안에 머물렀던 네 권의 노트는 경비실을 돌아 다시 내게 돌아오던 날, 교탁 위에 놓였다. 수영의 친구들이 가장 먼저 교탁 위에 있는 노트를 발견했다. 노트의 주인들은 당황스러움을 감추지 못했다. 특히 수영이 그랬다. 수영의 친구들은 아이들의 사물함과 책상 서랍을 열어본 것에 대해 사과하지 않았다. 오히려 허공에 대고 이제야 노트를 가져다놓은 이유가 뭐냐며 짜증을 냈다. 하지만 더이상 범인을 찾을 방법은 없었다. 내 비밀은 그렇게 영원히 할머니 집 책장과 벽 사이의 어둠 속에 감춰질 거였다. 할머니의 곁으로 다가가 앉자 할머니는 내 등을 슬쩍 바라보았다. 내가 가방을 들고 왔는지 확인하려는 모양이었다. 그리고는 공책 잘 받았냐? 하고 말했다.

"그때 니가 그리 버려서 다 늙어가지고 다리도 아픈 할미가 니네

학교까지 갔다 왔다."

그러곤 웃는 할머니를 바라보았다. 할머니는 효자손처럼 마른 손으로 내 등을 쓰다듬었다. 앙상한 손끝에 등이 긁히는 것만 같았다.

"뭐가 니 것인지는 찾았고?"

"……네, 잘 받았어요."

"어디에 뒀냐?"

"학교에, 잘 있어요."

"잘했다."

언제부터 알고 계셨어요? 하고 묻고 싶었지만, 가만히 내 등을 두드리는 할머니의 손에 입을 다물고 말았다. 우리는 그 뒤로 노트에 대해서는 어떤 말도 하지 않았다. 할머니의 손길은 모든 것을 다 알고 있다는 듯, 괜찮다는 듯이 계속 이어졌다. 나는 할머니를 바라보았다. 은진 언니는 할머니와 나 사이를 번갈아 보았다.

"뭐야, 할머니. 혜원이랑 언제 이렇게 친해졌어요? 나랑만 친한 줄 알았더니?"

은진 언니가 토라진 척 몸을 돌려앉자 할머니는 기침하듯 웃었다. 언니도 할머니를 따라 웃었다. 나는 할머니에게 할머니는요? 하고 물었다.

"할머니, 아직도 이 개들이 필요하세요?"

할머니는 말없이 나를 내려다보았다.

"적적하셔서 그런 거라면, 제가 자주 올게요. 청소만 잘하신다면요."

은진 언니가 나를 바라보았고, 할머니는 반대쪽으로 고개를 돌렸다.

"네?"

"시끄럽다. 가만히 좀 있어봐라."

할머니는 고개를 숙였다. 어둠 속에서 작은 몸이 떨리고 있었다.

매일 밤 가방 속에 든 네 권의 노트가 어디론가 도망쳐 내가 노트를 훔친 범인이라고 떠벌리는 것이 아닐까 두려워하던 나의 모습이었다. 알람이 울릴 때까지 우리는 어떤 말도 하지 않았다. 개들은 여전히 알람 소리에 맞춰 짖었다. 국장은 천천히 할머니에게 다가왔고, 구호팀은 하던 일을 멈추고 제자리에 섰다.

"할머니, 다음에 또 오겠습니다."

국장이 평소와 다름없이 할머니에게 허리를 굽혀 인사했다. 몸을 돌려 집을 나서려는 국장에게 할머니는 잠시 멈춰보라고 말했다. 국장은 조용히 그 자리에서 할머니를 기다렸다. 할머니는 쉽사리 고개를 들지 못했다. 할머니의 턱이 경련을 일으키듯 떨렸다. 왠지 속이 울렁거렸다. 할머니는 한참 동안 생각을 했다. 조금 지쳐 보이기도 했다.

"그럴 필요 없네."

국장은 은진 언니와 나를 번갈아 보았다.

"이제 됐으니 데리고 가게."

집으로 돌아와 침대 위에 누웠다. 주말에도 출근했다가 돌아온 엄마가 방문을 두드렸다. 몸을 일으키자 문이 열리며 엄마가 들어왔다. 무척이나 피곤해 보였다. 어깨가 축 늘어진 몸을 이끌고 다가오더니 내 옆에 앉았다. 엄마는 고개를 들지 못했다. 한참 동안 말없이 바닥을 바라보던 엄마는 고개를 들고 나를 바라보았다.

"혜원아."

엄마의 목소리가 마른 입술 사이로 갈라져 흘러나왔다. 헛기침을 하여 목을 가다듬는 엄마의 등이 문득 굽어 있다는 사실을 알았다.

"학원 있잖아. 필요하면 보내줄게. 엄마가…… 미안해. 엄마는 그냥…… 네가 뭘 잘하길 바라는 게 아니라, 건강하게 엄마 옆에만 있으면 된다는 거였는데…… 엄마가 다시 한 번 생각해볼게. 어떤 학원을 가고 싶니? 엄마한테 말해봐."

엄마는 고개를 들지 않고 바닥에 언어를 쏟아내듯 말했다. 작게 내리깔리는 목소리를 온전히 잡아낼 수 없었다. 엄마의 굽은 등과 마른 손등이 눈에 들어왔다. 이른 나이에 나를 가졌던 엄마에게 남은 젊음이 조금씩 소멸하고 있었다. 그 사실을 지금껏 알지 못했던 이유는 무엇일까. 나는 엄마 곁으로 조금 더 다가가 앉았다.

"엄마, 나 이제 학원 안 다녀도 돼."

엄마는 고개를 들었다. 그리고 영문을 모르겠다는 표정으로 나를 바라보았다.

"학원 다니고 싶은 거 아니었니?"

"혼자 해볼게. 이제 할 수 있을 것 같아."

나는 엄마를 마주 보았다. 여전히 걱정스러운 얼굴을 하고 있는 엄마의 마른 손등을 쥐었다. 엄마는 그제야 나를 보며 웃어주었다.

나는 깨끗하게 비워진 방에 혼자 남을 할머니를 떠올렸다. 어둠 속에 숨어 있는 사람을 빛으로 이끌기 위해서는 누군가의 손길이 필요했다. 며칠 뒤, 나는 할머니의 집 계단을 혼자 올랐다. 부서진 시멘트 가루가 날리던 난간이 깨끗하게 닦여 있었다. 오늘 나는 구호팀의 유일한 팀원이었다. 머리이자 꼬리였다. 어둠으로 가는 문 앞에서도 망설이지 않았다. 문을 두드렸다. 처음으로 두드려보는 문은 생각보다 얇았다. 누구든 들어올 수 있도록 열어놓은 것처럼. 곧 문이 열렸다. 악취가 나지 않고 개 짖는 소리가 들리지 않는 평화로운 방은 외로워 보이기도 했다. 하지만 열린 창문 사이로 드나드는 빛과 바람이 따뜻했다.

"CARE에서 왔습니다."

열린 문 사이로 할머니의 얼굴이 드러났다. 조금은 편안해진 할머니를 보며 나는 빙그레 웃어 보였다. 나는 빛을 향해 한 걸음 내디뎠다.

전태일 이후 한국은 얼마나 달라졌는가?

"이 책을 읽기 전 나에게 1970년대의 대한민국은 아주 먼 한때의 시절로밖에 느껴지지 않았다. 70년대에 급격한 산업화가 일어났고 그 당시 노동자들의 생활이 처참했다는 것을 머리로는 알고 있었지만 막연히 지금은 그때보다 훨씬 사정이 나아져 있을 것이라고 생각했었다. 그러나『전태일 평전』을 읽으면서 지금 우리 사회의 문제들이 이 시기에서부터 존재했으며 여전히 많은 것들이 크게 달라지지 않았다는 것을 깨닫게 되었다. 특히 자신의 정당한 권리를 찾으려는 노동자들에 대한 사회의 부정적인 시각은 이때와 달라진 것이 없어 보였다. 이와 관련해서 본문 273쪽에 정말 인상 깊었던 구절이 있었다.

"엉터리 비폭력주의자들이 무엇이라고 말하건 간에 데모란 상대편의 양심이나 자비심이나 동정심을 구걸하는 행위가 아니라, 이쪽편의 실력(그것이 선거에서의 투표권이든, 적나라한 폭력이든, 사회여론에 대한 영향력이든 간에)을 배경으로 한 상대편에 대한 공갈인 것이다. '제발 이렇게 해주십시오' 하는 것이 데모가 아니라, '이런데도 네가 말을 안 듣고 배기겠느냐?'라고 윽박지르는 것이 데모인 것이다. 그러므로 '데모'란 상대편에 대한 대항하는 자의 당당한 선전포고이며, 요구 조건이 관철될 때까지 끊임없이, 갈수록 더욱 격렬하게, 위협적인 도전을 감행하겠다는 경고인 것이다. 왜 억압자들은 그들이 말하듯 '일부 극소수'에 불과한 수백 명의 학생들 혹은 수십 명의 노동자들이 맨손으로 하는 데모를 그렇듯 두려워하는 것일까?

그것은 까닭이 있는 일이다. 한 개의 조약돌이 잔잔한 수면에 수백, 수천 개의 파문을 아로새기듯, 한 개피의 성냥이 산더미같이 쌓인 화약고를 모두 폭파시키듯 데모에 나서는 이들 '일부 극소수'는 수십만, 수백만의 고통받아온 가슴에 무한한 격동을 일으킨다."

이 구절은 바로 어제 출판되어 나온 책의 구절이라고 해도 될 정도로 지금 우리 사회의 모습을 그대로 말하고 있다. 나는 이 구절을 읽으면서 자연스레 올해 봄 광화문에서 열린 민중총궐기가 기억이 났다. 민중총궐기는 일자리 노동 환경 개선이나 여성, 이주민, 장애인, 성소수자 들의 인권향상 등 총 12가지를 요구하는 시위였다. 나는 그 당시 광화문에 있지는 않았지만 SNS을 통해 실시간으로 시위 현장을 생중계하는 걸 볼 수 있었다. 처음부터 그 영상을 챙겨보지는 못했지만 중간부터 시위 현장을 본 나는 충격에 빠졌었다. 거대한 버스들이 사람들을 한곳에 가둬놓은 모양새였고 사람들은 서로의 몸을 붙잡고 다 같이 구호를 외치고 있었다. 나중에 기사를 통해 사람을 향해 물대포를 발사했다는 소식까지 듣고는 경악할 수밖에 없었다. 그때의 기분은 2014년 봄에 느꼈던 감정과 비슷한 것이었다.

시위대와 경찰의 대치가 심해지면서 수많은 사람들이 민중총궐기의 시위가 잘못됐다고 말한다. 광화문의 교통을 혼란스럽게 만들어 많은 시민들에게 불편을 줬으며 경찰 버스를 훼손시키는 폭력적인 불법 시위라고 말이다. 하지만 다 같이 서로의 몸을 붙잡고 '서로서로가 서로서로의 전체의 일부'가 되어 구호를 외치던 사람들이 경찰과 대등한 위치가 아니었을 뿐더러, 그들이 무언가 개인으로서는 뚫지 못하는 두꺼운 벽을 다 같이 밀어내려는 의지가 느껴졌다. 그리고 그렇게 자신의 정당한 권리를 요구하고 올바르지 못한 것을 당당하게 그르다고 말하는 사람들이 틀렸다고 생각하지 않는다. 잘못된 것은 그러한 사람들을 억압하고 대중들에게 그들이 잘못됐다고 손가락질하는 행위이다. 이 책에서 말하듯 엉터리 비폭력주의자들은 만일 그들이 요구하는 것이 옳다고 하더라도 그것을 요구하는 방식이 너무 폭력적이라고 말하며 그들 전체를 매도해버린다. 이는 노동자들뿐만 아니라 모든 약자들을 짓눌러버리는 폭력적인 행위이다.

그동안 많은 사람들의 말을 들으며 나는 내 생각이 정말 맞는지 아니면 그들 말대로 내가 너무 과한 것을 바라고 있는 건지 많이 흔들렸었다. 그러나 이 책을 읽고 전태일의 삶에 대해 더 자세히 알게 되면서 나는 내가 이뤄질 수 없는 유토피아를 꿈꾸고 있는 게 아니라는 것을 확신할 수 있었다. 앞으로는 나도 그처럼 옳지 않은 것은 당당하게 말할 수 있는 사람이 되고 싶다. 그동안 나도 '바보'가 되지 않기 위해서 필사적으로 노력하며 침묵해왔다. 하지만 불공평한 상황에서 침묵하는 것은 결국 강자의 편을 들어준다는 것을 다시 한번 깨닫는다. 더이상 아무도 침묵하지 않고 당당하게 자신의 목소리를 내는, '약한 자도, 강한 자도, 가난한 자도, 부유한 자도, 귀한 자도, 천한 자도, 모든 구별이 없는 평등한 인간들의 서로간의 사랑이라는 참된 기쁨을 맛보며 살아가는 세상'이 가까워지기를 바란다.

꿈을 구하는 공식

소녀들의 공책엔 알 수 없는 말이 가득해
알 수 없는 숫자들이 가득해
알 수 없는 기호들이 가득해
소녀들은 알 수 없는 소릴 해
두 변을 제곱해서 더하면 나머지 변의 제곱이 돼
우린 제곱이 될 수 있나? 아니 그럼 너무 무거워져
세상은 허수야 다들 허깨비 같지
아냐 내일 또 볼 얼굴이잖아 가장 큰 아이러니
이 별은 공식으로 가득 찬 먼지덩어리
한 소녀가 노트에 한 줄을 추가했어
(먼지덩어리의 지름을 구하기 위해서는 큰 막대가 필요하다)
소녀들은 꺄르르 웃었지
공식만 외우면 돼 그럼 모든 걸 알 수 있을 거야
소녀들은 합창했어 공식만 알면 돼 그럼 모든 걸 할 수 있어
우린 데카르트와 가우스를 알아 어쩌면 아르키메데스도 그런데
이 춥고 낯선 냉동실 꽁꽁 얼어버린 마음의 온도는 대체 어떤 공
식으로?
소녀들이 합창했지
랄라 얼음의 파편 심장에 박혔네

랄라 꿈을 구할 때는 어떤 공식을 쓰나요
아무리 더해봐도 루트 밖으로

나올 수 없는 무리수 같이 가여운 우리들
꿈 꿀 수 없는 냉동된 가슴을 가진,
우리

랄라 마음을 구할 때는 어떤 공식을 쓰나요
아무리 곱해봐도 처음으로
돌아올 수 없는 우리들
꿈 꿀 수 없는 부서진 가슴을 가진
우리

교실의 돌고래

언젠가부터 교실엔 모래바람이 불어
사르르사르르 고운 모래가 창문을 삼키고
굳어진 칠판으로부터 글자들은 힘없이 추락하고
우리는 바싹 마른 모래에 몸을 비틀며
눈물조차 없는 메마른 교실 바닥에 주저앉아
분해된 채 바닥을 뒹구는 글자를 와작와작 씹으며
부서진 글자들로 버석거리는
심장을 부여잡으며
등에 솟은 코를 잃어가고
물을 뿜는 코를 잃어가고
흐린 모래로 가득 찬 교실 속에
아무것도 뿜어내지 못하고 갇힌 채로
말도 사랑도 잃은 채로
여전히 뒤틀린 꼬리
교실의 사막에 휘저으며,
허공을 마구 치며 살려달라 빌며
세상 마지막 돌고래들은 에메랄드 빛
찬란함이 넘실대던 어느 해안가를 기억하지 못한 채로
함께 대화하던 초음파의 세계를 기억하지 못한 채로
죽음의 모래성을 쌓으며
살고 싶어요
제대로 울부짖지도 못한 채로
우리
교실에 사는 돌고래들

작열하는 사막에서
바싹 말라가며
짠 삶을 토해내고 있더라고

희한한 시대

선생님은 칠판에 부등식을 쓰다가,

대졸 정규직 취업률이 40%밖에 안 된다.
야, 희한한 시대다. 쌔빠지게 공부해도 돈을 못 번다.
이런 데선 못 살아. 이민 가라 니들 다.

가래 끓는 목소리가 칠판을 가시처럼 긁는다.

부모님과 선생님과 정치인들이 원하는 대로
한껏 팔딱거리는
마음을
깎고 또 깎으며

먹기 싫었던 꿈들이
넘어가지 않을 때면
눈물로 목을 축이면서
꾸역꾸역 삼켜왔는데

세상에서 제일 큰 꿈을 가지라고?

숨이라도 간신히 쉬고 싶지만
꿈으로부터
도망치기도 어려운 시대

영문도 모른 채
네모난 밥상 앞에 앉아
침묵과 고요를 강요당하며
남의 꿈을 위해 숟가락을 드는

희한한 시대

교실 장례식

교탁도 칠판도
책상도 교과서도
온통 각진 이곳에
조각난 나를 묻어야 하는 날이 오지

누군가 울며 말했지
우리 꿈을 여기 묻어주자
딱 여기까지인 거야
비가 오진 않지만 그만큼
습기 가득한 마음

아름다운 언덕 위에서
힘차게 노래하던 꿈의 언어들과
살이 한껏 오른 채 붉어진 볼
순수한 사랑으로 가득 찬 웃음소리,

빛나던 시간의 목을 졸라
내 손으로 묻어야 하는 날이 오지

온통 폐허로 조각난 계절들
이토록 날카로운 곳에 잠들다
모퉁이마다 찔려 볼품없이 찌그러진 채로

아무도 장송곡을 불러주지 않는

교실 장례식

우리 모두 성치 못한 몸으로
누군 훌쩍이고 누군 말을 잃고
비틀대는 삶의 커튼을 걷어올리던

교실 장례식

집 밖

"언니, 햄버거 먹었어?"

난데없는 연희의 물음에 걸음을 멈출 수밖에 없었다. 나는 아무 대답도 하지 못했다. 연희는 거실 소파 위에서 반쯤 감긴 눈을 하고 있었다. 보아하니 또 TV를 보다 깜빡 잠이 든 모양이었다. 어떻게 그 몽롱한 정신으로 이 냄새를 포착할 수 있었던 걸까. 이마에서 식은 땀이 흘렀다.

연희는 다시 묻지 않았다. 나는 쏜살같이 방으로 달렸다. 불안한 마음 때문이었는지 무의식적으로 문을 세게 닫아버렸다. 다행히도 방 너머는 조용했다. 불을 켜고 가방을 아무렇게나 던졌다. 빨리 자고 싶은 생각뿐이었다. 갑갑했던 교복을 벗었다. 블라우스가 살짝 젖어 있었다. 눅눅한 땀과 시큼한 햄버거 소스 냄새가 겹쳐져 코를 자극했다. 창문을 활짝 연 후 틀 위에 블라우스를 올려두었다. 냄새를 없애는 데 효과가 있을지는 모르겠지만, 이게 내가 할 수 있는 유일한 노력이었다. 옷을 갈아입자마자 침대에 엎어졌다. 피로가 잡생각들을 모조리 눌러버렸다. 눈을 감자마자 잠이 들었다.

엄마는 매일 아침 학교까지 나를 데려다주었다. 오늘도 마찬가지였다. 사람 빽빽한 버스보다는 당연히 승용차가 훨씬 더 편했지만 오늘따라 엄마의 호의가 꺼려졌다. 엄마는 어제 내가 밤늦게 들어온 걸 알고 있을 게 분명했기 때문이다. 만약 엄마가 그 이유를 물어온다면 당당하게 대답할 자신이 없었다.

엄마는 한참 전부터 집 앞에 차를 세워두고 나를 기다리고 있었다. 끝까지 고민하다 결국 보조석에 올라탔다. 엄마는 에어컨 버튼을 이리저리 돌리고 있었다. 내가 기웃거리자 엄마는 어색한 미소를 지으며 에어컨이 고장난 것 같다고 했다. 아무래도 버스를 타는 게 맞았다.

"보충 수업 잘 듣고 있지?"

운전을 하고 있던 엄마가 말했다. 손으로 연신 부채질을 하며 스마트폰만 보고 있던 나는 화들짝 놀라 왼쪽으로 시선을 돌렸다. 나는 보충 수업을 신청하지 않았다. 엄마에게는 신청했다고 거짓말을 했다. 나는 그렇다고 대답했다.

"아, 왜 수강료 입금하라는 연락은 안 오는 거니?"

엄마가 더이상 아무 말도 하지 않기를 바랐다. 내가 말을 얼버무리자 다행히도 별 의심 없이 넘어갔다. 그 후로 엄마는 학교에 도착할 때까지 내내 회사 상사의 험담만을 늘어놓았다.

교실로 올라가다 우연히 담임선생님을 만났다. 별 잘못도 하지 않았는데 긴장이 됐다. 아무도 없는 복도에 선생님과 나 단 둘이만 놓이는 상황은 늘 익숙하지 않았다. 일부러 걸음을 빨리했다. 고개 숙여 인사만 하고 지나려는데 아니나 다를까 선생님이 나를 불러 세웠다.

"시험공부는 하고 있니?"

나는 고개를 가로저었다.

"대학 안 갈 거야?"

한 번 더 고개를 가로저었다. 익숙한 질문이었지만 오늘따라 기분이 이상했다. 선생님은 한숨을 내쉬고는 그대로 내 옆을 지나갔다. 지금 이 시기에 중간고사 따위를 생각하고 싶지 않았다.

수업을 마치자마자 헐레벌떡 버스정류장으로 뛰어갔다. 전광판에는 10분 후 도착 예정이라는 문구만 떠다녔다. 제 시간에 출발해도 지각을 면하기가 어려운데, 버스까지 늦게 온다니 정말 최악의 상황이었다. 나는 텅 빈 버스정류장에서 발만 동동 굴렀다. 얼마 지나지 않아 같이 일하는 재연 언니에게서 문자가 여러 개 왔다.

어디야?

오늘 분위기 별로 안 좋은 것 같아, 매니저님 표정이 영…….

빨리 와.

더이상 넋 놓고 버스를 기다릴 수 없었다. 택시가 내 쪽으로 오는 게 보였고, 나는 한 치의 고민도 없이 택시를 세워 올라탔다. 비싼 요금이 무서워 아무리 늦어도 택시는 타지 않았었다. 그러나 오늘만큼은 그래선 안 될 것 같았다. 그렇게 내 한 시간치 노동의 대가가 눈 깜짝할 사이에 사라져버렸다.

그럼에도 불구하고 결국엔 지각이었다. 4시 56분. 원래 5시부터 일은 시작되지만 나를 포함한 모든 직원들은 근무 시작 10분 전에 와야만 했다. 도착해서 유니폼을 갈아입고, 검사까지 받아야 하기 때문이었다. 이건 근무에 포함되지 않아 수당도 나오지 않았다. 매장 문을 열자 머리 위에서 종소리가 울렸다. 순간 테이블에 앉아 있던 사람들의 시선이 나에게로 집중되었다. 그들의 눈을 피해 카운터 쪽을 바라보았다. 재연 언니가 손짓하고 있었다. 매니저는 보이지 않았다. 불행 중 다행이었다. 카운터 쪽으로 가자마자 언니는 유니폼을 내 품에 던지다시피 주었다.

"매니저님 지금 퇴근하신대. 다행이다. 너 오늘 같은 날에 지각한 거 들켰으면 정말로 잘렸을지도 몰라."

언니의 말에 머쓱해졌다. 틀린 게 하나도 없었기 때문이다. 매니저가 이런 나를 발견한다면 지금까지 누적되어왔던 화가 전부 폭발해 된통 혼날 게 분명했다. 나는 언니에게 미소를 보이고 탈의실로 향했다. 혹시나 싶어 들어가기 전에 문을 두드렸다. 안에서는 아무 반응도 없었다. 그대로 벌컥 문을 열었다. 그 순간, 나는 너무 놀라 소리를 지를 뻔했다. 문고리를 잡은 채 움직이지 못했다. 나는 지금 매니저와 눈을 맞추고 있었다. 매니저는 옷을 갈아입던 중이었다. 바닥에 유니폼들이 널브러져 있고, 손에는 본인의 옷이 들린 것으로 보아서 언니 말대로 퇴근을 하려는 듯했다. 왜 하필 지금일까. 속으로 한탄하고 또 한탄했다. 매니저는 나를 보고 아무 말이 없었다. 민망해진 나는 먼저 인사했다. 그러자 매니저는 한숨을 푹 내쉬었다. 대답도 하지 않고 손에 들린 옷을 마저 입었다. 아무렇게나 늘어져 있던 유니폼도 차곡차곡 개어 한쪽에 잘 두었다. 나는 마른 침만 계속 삼켰다.

"문 닫고 들어와."

드디어 떨어진 첫 마디에 나는 재빠르게 문을 닫고 탈의실 안으로 들어와 매니저 앞에 섰다.

"너는 들어온 지 얼마나 됐다고 계속⋯⋯!"

휴대폰의 벨소리가 매니저의 말을 끊었다. 기가 막힌 타이밍이었다. 매니저는 휴대폰을 확인했다. 한숨을 쉬고는 전화를 받으며 탈의실을 나갔다. 나는 아무것도 할 수가 없었다. 떨리는 손을 주체할 수가 없었다. 얼마 지나지 않아 매니저가 다시 탈의실 안으로 들어왔다. 약속이 있어 지금 나가야 하니, 내일 다시 얘기하자는 말을 남기고는 다시 나갔다. 다리가 풀려 주저앉을 뻔했다. 빨리 옷을 갈아입어야 한다는 사실을 까맣게 잊은 채.

언니는 주방에서 감자를 튀기고 있었다. 그쪽으로 가 아까의 일을 전부 말했다. 언니는 기겁을 하며 몸을 바들바들 떨었다. 언니는 누가 들을세라 조곤조곤한 목소리로 매니저 욕을 했다. 너무 예민하다느니, 이러니 아르바이트생들이 며칠 만에 관두는 거라느니. 사실 지각은 변명할 수도 없는 명백한 나의 잘못이었지만 언니의 말에 공감이 가지 않는 것은 아니었다. 매니저는 나에게 학생부장 선생님 그 이상의 두려움이었다.

각종 소스 냄새로 가득한 주방을 뒤로하고 홀로 나왔다. 내가 있어야 할 곳은 주방이 아닌 홀이었다. 일을 시작하고 한두 달 정도가 지나면 주방이나 카운터에서 일할 수가 있었다. 나는 고작 경력 1주차의 신입이었기에, 꾹 참고 기다려야만 했다. 이 기다림이라는 것은 생각보다 쉬운 일이 아니었다. 신입 아르바이트생과 그렇지 않은 사람들 사이에는 벽이 있었다. 일종의 서열 같은 것이었다. 주방에 있는 그 누구라도 홀에 있는 신입들에게 지시를 내릴 수 있었다. 사실 쓸데없는 것들이 대부분이었다. 바쁜 자신들을 대신해 유니폼을 가져다달라든가, 혹은 농땡이를 피우기 위해 매니저가 오는지 안 오는지 망을 봐달라든가. 그 텃세는 유독 나에게 더 심했다. 이곳에서 나는 유일한 고등학생이자 막내였다. 때문에 그들의 공격 대상으로서는 내가 가장 적절했는지도 모른다. 뿐만 아니라 작은 실수 하나를 하더라도 다른 선배들보다 욕을 배로 얻어먹었다. 나는 이곳에서 철없고 어리벙벙한 어린아이가 돼버렸다.

재연 언니는 어제 처음으로 감자튀김을 만들기 시작했다. 언니는 스무 살 대학생인데, 그나마 나와 나이 차이가 가장 덜 나는 편이었다. 지난 일주일 동안 온갖 자질구레한 일을 함께한 덕분에 우리는 쉽게 친해질 수 있었다. 언니는 일을 시작한 지 3주밖에 되지 않았는데도 주방에서 일하게 되었다. 얼마 전, 아르바이트생들 몇몇이 갑자기 한꺼번에 일을 관두었다. 덕분에 언니는 걸레를 손에서 놓을 수 있었다. 모자란 인원을 채우기 위해서였지만, 언니는 그 누구보다 열심이었다. 그래서인지 언니는 매니저의 관심을 톡톡히 받았다. 언니보다 먼저 온 선배들은 이 사실을 못마땅해 하기도 했다. 하지만 언니가 이곳에서 가장 모범적이라는 사실은 변하지 않았다. 나와 다르게 단 한 번도 다른 누구에게 지적 받은 적이 없을 정도였다. 그럼에도 불구하고 언니는 하루에도 몇 번씩 그만두고 싶다는 말을 했다. 하지만 언제나 그 말을 현실로 옮기지 못했다. 그런 언니의 가방에는 등록금 고지서가 들어 있었다.

오늘따라 매장이 시끌벅적했다. 2층으로 올라가 쓰레기통이 있는 선반을 확인했다. 난장판이 되어 있었다. 음료수가 그대로 들어 있는 종이컵들이 아무렇게나 늘어졌다. 쓰레기통은 꽉 차 넘쳤다. 그 순간에도 한 남자가 비우지 않은 쟁반을 선반 구석에 던지고 있었다. 이런 상황이 일주일째 지속돼왔기 때문에 크게 신경 쓰이지는 않았다. 선반 쪽으로 갔다. 우선 종이컵에 담긴 음료수부터 버렸다. 그 다음은 꽉 찬 쓰레기통을 꺼냈다. 통에 고정되어 있던 쓰레기 가득한 봉투를 꺼냈다. 윗부분을 묶으려고 하는데, 너무 가득 차 넘치는 탓에 양 끝이 맞닿지 않았다. 발로 봉투 안을 밟아가며 겨우겨우 밀봉시켰다. 이제 이것을 매장 밖으로 옮겨야 했다. 내가 혼자 하기에는 무리였기에 다른 선배에게 도움을 청하러 1층으로 내려갔다. 카운터 앞에는 주문하려는 사람들의 줄이 끝없이 늘어져 있었다. 한가한 선배가 단 한 명도 없었다. 다들 뜨거운 열로 가득한 주방에서 땀을 뻘뻘 흘리고 있었다. 결국 다시 위로 올라와 쓰레기봉투를 잡았다. 거의 끌다시피 봉투를 이동시켰다. 계단까지 끌고 왔는데, 순간 이상한 소리가 들렸다. 놀라 아래를 보았는데, 봉투 바닥 사이로 쓰레기들이 쏟아져나왔다. 봉투가 터진 것이었다. 분리수거 안 된 콜라가 바닥을 흥건히 적셨다. 악취가 점점 퍼지기 시작했다. 눈물이 날 것만 같았다.

밤 11시의 집은 어두웠다. 안방 문을 열었다. 아무도 없었다. 아빠는 출장을 갔으니 며칠 뒤에나 돌아올 것이고, 엄마는 또 야근인 것 같았다. 내 방으로 돌아와 책상 앞에 앉았다. 책상 구석에 놓인 통장과 클리어파일이 눈에 들어왔다.

클리어파일은 한 손으로 들기 어려울 정도로 무거웠다. 한 장씩 차례로 넘길 때마다 그간 모아두었던 것들이 눈에 들어왔다. 기사 스크랩부터 대학교 입시 요강, 그리고 각종 학원 홍보지까지 가득했다. 갑자기 파일을 쥔 채 알 수 없는 표정으로 나를 보던 엄마의 얼굴이 생각났다. 다시는 보고 싶지 않은 표정이었다.

처음 요리를 배우고 싶다는 생각이 구체화되었을 때도 한동안은 엄마에게 말을 하지 못했다. 엄마가 어떤 반응을 보일지 예상이 되지 않았기 때문이다. 그러는 동안 요리에 대한 내 마음은 더 커져만 갔다. 결국 고등학교 입학 직전, 기초를 쌓을 수 있는 작은 요리 학원에 등록해달라고 엄마에게 부탁했다.

"고생길을 왜 제 발로 들어가려 하니?"

엄마는 완강하게 거부했다. 그 후로 엄마는 아무것도 모른다는 듯이 넌지시 내 진로희망에 대해 물었다. 나는 그럴 때마다 요리사라고 직설적으로 대답했다. 하지만 엄마는 언제나 내 말을 못 들은 척하며 화제를 다른 것으로 돌렸다. 내가 이 집에 있는 한 요리사라는 단어는 입 밖으로 내뱉을 수도 없었고, 꿈도 꿀 수 없었다.

파일 옆에 두었던 통장을 확인했다. 한 달이 지나고 받게 될 월급까지 합하면 엄마에게 부탁을 하지 않고도 학원에 등록할 수 있다. 정말 얼마 남지 않았다. 파일에 있던 것들이 현실이 될 수 있다.

침대에 누워 밀린 메신저들을 확인했다. 인터넷 창을 닫으려는데 기사 하나가 보였다. 희미해지는 눈으로 겨우겨우 글자를 읽어나갔다.

'유명 햄버거 프랜차이즈 아르바이트생 97%가 고강도 노동에도 임금 제대로 못 받아……'

불길한 예감이 들었지만 이내 눈이 감겼다.

오늘은 15분 일찍 매장에 도착했다. 일부러 종례를 듣지 않고 왔다. 조금이라도 더 좋은 모습을 보여야 이곳에서 살아남을 수 있을 것이다. 유니폼으로 갈아입고 매니저 앞으로 가 섰다. 90도로 인사를 했다. 나를 내려다보는 모습이 꽤나 위압적이었다. 새빨갛게 칠

한 입술이 특히나 그랬다. 매니저는 나를 보자마자 인상을 찌푸렸다. 오늘은 지각하지도 않았는데, 이상하게 표정은 풀리지 않았다.

"근데 너, 어제 쓰레기봉투 쏟았다며?"

매니저의 말이 가슴을 찔렀다. 숨이 막히는 기분에 말을 할 수가 없었다. 정말 조금도 잠잠할 틈이 없었다. 어제 그 일이 있고 나서 최대한 신속하게 정리했는데, 그게 또 귀에 들어간 모양이었다. 머릿속으로 악덕 선배들의 얼굴이 몇몇 지나갔다. 내가 우물쭈물하자 매니저는 딱 잘라 말했다.

"정말 너 똑바로 안 해? 그거 다른 직원들이나 손님들한테 민폐 끼치는 행동인 거 알아? 정신 좀 차려. 이래서 어린애는 안 된다니까. 점장님께 말씀 드려야겠어. 앞으로는 미성년자 좀 받지 말자고."

밖으로 뛰쳐나가고 싶었다. 매니저도 매니저지만, 나를 한심한 듯 쳐다보는 선배들의 시선으로부터 도망치고 싶었다. 결국 나는 그 자리를 나오고 말았다. 뒤에선 매니저의 고함소리가 들렸고, 홀에 앉아 있던 사람들이 놀라 주방 쪽을 바라보았다.

나는 그대로 화장실 가장 끝 칸에 들어와 문을 잠갔다. 두 손으로 얼굴을 마구 비볐다. 이런 취급을 받아야 한다는 사실에 너무나도 화가 났다. 뭐가 문제였을까. 내가 정말 일을 제대로 못했던 걸까? 아니면 단순히 어릴 뿐이라서? 왜 유독 나에게 박히는 화살이 많은 건지 알 수가 없었다.

하지만 이내, 방금 전의 행동을 후회하고 말았다. 매니저의 말을 다 듣지 않은 채 자리를 떴으니, 정말 이제는 끝이었다. 잘못을 빌어도 이제는 통하지 않을 게 뻔했다. 내가 꿈꾸었던 환상들이 모두 신기루처럼 사라졌다.

느린 발걸음으로 1층으로 내려왔다. 선배 몇 명이 서로 수군거렸고, 재연 언니는 불안한 눈빛으로 나를 보고 있었다. 카운터에 매니저가 떡하니 서 있었다. 그리고 그 옆에는 점장님이 있었다. 면접 때 이후로 처음 보는 얼굴이었다. 매니저는 아무 말도 하지 않았다. 점 장님은 나를 빤히 내려다보더니 단호한 목소리로 말했다.

"내일까지만 나오세요."

지난 노력들이 한 순간에 사라져버렸다.

집으로 돌아가니 웬일로 부엌에 환한 빛이 돌고 있었다. 식탁에 앉아 있는 엄마가 보였다. 아는 체를 하고 방으로 들어가려고 했는데, 엄마가 나를 불렀다. 내가 그쪽으로 가자마자 엄마는 나를 꼭 안아주었다. 우리는 한참을 그러고 있었다. 이렇게 꼭 안아본 게 얼마만인지 알 수가 없었다. 엄마는 그 자세로 내 귀에다 뭐라 속삭였다. 목소리는 언제나 그랬듯이 포근하고 나긋했다.

"왜 엄마 말을 안 듣는 거야."

엄마는 알고 있었다. 밀착되어 있는 뺨 사이로 땀이 차는 게 느껴졌다. 어쩌면 땀뿐만이 아닐 수도 있겠다는 생각이 들었다.

"우리 딸이 고생하지 않으면 좋겠어."

뒤돌아 눈물을 훔치는 엄마의 손은 언제 생긴지도 모를 진한 주름으로 가득했다.

조회 시간에 담임선생님이 종이 뭉치를 들고 왔다. 그러고는 설명도 해주지 않은 채 종이를 아이들에게 돌렸다. 모두가 어리둥절한 표정으로 종이를 뒤로 전달했다. 나는 받자마자 무슨 내용인지 확인했다. 맨 위에 굵은 글씨로 '대학진학조사'라고 쓰여 있었다. 저절로 눈살이 찌푸려지는 문구였다. 나뿐만이 아닌, 다른 아이들도 모두 한숨을 쉬거나 선생님을 원망하듯 쳐다보았다. 선생님은 빨리 쓰라고만 할 뿐이었다. 펜을 들고 종이를 다시 한 번 읽어보았다. 종이에는 두 개의 칸이 있었다. 희망 대학과 희망 학과. 나는 그 어느 것도 채울 수가 없었다. 머릿속에 끝없이 맴도는 것은 있었지만 나는 끝내 채우지 못한 채 백지로 제출해버렸다.

매장에 들어서는데 기분이 묘했다. 마지막으로 하는 출근임에도 불구하고 그다지 슬프지 않았다. 보이는 선배들마다 허리를 굽혀 인사했다. 대부분이 그냥 고개만 끄덕이며 별다른 반응을 보이지 않았다. 괜히 머쓱해진 나는 재연 언니를 찾았다. 그러나 당연하게 주방에 있어야 할 언니가 보이지 않았다. 언니가 지각을 할 리는 없었다.

유니폼을 챙겨 탈의실로 향했다. 문고리를 잡았는데 이상하게도 움직이지 않았다. 아무리 흔들어도 문은 열리지 않았다. 누가 있나 싶어 문에 귀를 대어보았다.

"미쳤어? 어떻게 음식에서 머리카락이 나올 수가 있냐고! 너 갑자기 일을 이따위로 하는 거야? 관두고 싶어?"

카랑카랑한 목소리가 들려왔다. 보나마나 매니저였다. 보통 일이 아니었다. 우리들 사이에서도 음식에 이물질이 들어갔다 하면 발칵 뒤집힐 만한 큰 사고였다. 손님들의 불만에는 아무 변명도 못하고 그대로 받아들여야 했기에 그만큼 예민한 문제였다. 그렇게 관대한 재연 언니도 이런 사고만큼은 용납할 수 없다고 말했었다.

괜히 이 앞에 있어봤자 좋을 게 없었다. 탈의실에서 열 발자국쯤 떨어져 서 있었다. 그러나 10분이 지나도 여전히 탈의실의 문은 열리지 않았다. 매니저가 아르바이트생들을 혼내는 일은 다반사였지만 이 정도로 오래 걸린 적은 없었다. 그 순간, 갑자기 문이 열렸다. 매니저 혼자였다. 나는 잠시 눈치를 살핀 후, 매니저가 떠난 탈의실 안을 들여다보았다. 재연 언니가 그 안에서 울고 있었다. 언니가 혼난 것은 이번이 처음이었다. 이 상황이 너무나도 어색했다. 한없이 밝던 언니가 울고 있는 모습을 보고 있으니 침이 바짝바짝 말라갔다.

"내가 안 그랬는데, 왜 나, 나한테 그러는 거야. 왜 나한테."

언니는 들리지 않을 외침을 내뱉었다.

잠시 후, 언니가 주방으로 돌아왔다. 아까와 달리 차분한 모습이었다. 그나마 다행이라고 생각되어 나는 주방에서 눈을 뗐다.

마지막까지도 쉬운 일은 없었다. 여전히 나는 쓰레기봉투를 옮겨야 했고, 콜라 때문에 끈적끈적해진 바닥을 끝도 없이 닦아야 했고, 식자재 박스를 날라야 했고, 어김없이 매니저의 잔소리를 들어야 했다. 끝까지 주방에는 발도 딛지 못한 채로.

며칠 후 은행으로 향했다. 임금을 확인하기 위해서였다. 통장을 ATM 안에 넣자 요란한 기계음 소리가 들렸다. 이내 통장이 다시 나오고, 나는 바로 금액을 확인했다. 20만 원. 무언가 이상했다. 분명한 시간당 6000원, 그렇게 5시간을 9일 동안 했으니 27만 원이 나와야 했다. 불안함이 가시질 않았다. 휴대폰을 꺼내 매니저에게 전화를 걸었다. 두 번 세 번 해보았지만 받지 않았다. 점장님도 마찬가지였다. 며칠 전 보았던 기사가 머릿속을 스쳐 지나갔다. 헛웃음이 나왔다. 내가 그곳에서 얻을 수 있던 게 무엇이었는지 아무리 생각해도 떠오르지 않았다.

다시는 오지 않을 줄 알았던 매장 문 앞에 섰다. 마감 준비를 하는 건지 투명한 문 너머로 선배들이 바쁘게 홀을 누비는 것이 보였다. 그 사이에서는 매니저와 점장도 보였다. 긴장되는 순간이었다. 침을한 번 꿀꺽 삼키고는 문을 열었다. 머리 위에서 종소리가 들렸다. 모두가 내 쪽을 바라보았다. 매니저는 당황한 표정을 짓더니 점장과 나를 번갈아 쳐다보았다. 나는 성큼성큼 점장 앞으로 다가갔다. 아마 내 생전에 이렇게 당당한 순간은 없었을 것이다.

"제 시간에 대한 대가를 돌려주세요."

집으로 돌아와 책상 위에 놓인 파일을 보았다. 손을 뻗을 수가 없었다. 저 파일 속에는 이제 꿈이 아닌 나를 괴롭히는 것들로 가득할 것만 같았다.

　방문을 열고 나가는데 현관으로 들어오는 엄마가 보였다. 엄마는 나를 보고 씩 웃었다. 수많은 적들 사이에 적어도 엄마만큼은 속해 있지 않았으면 하는 생각이 들었다.

불에는 그림자가 없다

초에 불을 켜면 초의 몸통은 그림자가 뚜렷하게 보이는 반면 촛불은 그림자로 나타나지 않는다. 일상에서 자주 볼 수 있는 현상이지만 눈치채지 못한다. 우리는 전태일의 희생을 '불'에 비유하곤 하는데, 그만큼 그가 불처럼 활활 타오르는 열정을 보였기 때문일 것이다. 그런데 나는 이 책『전태일 평전』을 읽고 그의 사상과 이 당연한 현상이 관련되어 있다고 생각했다. 그가 버리고자 했던 노동자들의 열악한 근로 실태, 아무도 알아주지 않는 비극적인 현실과 같은 그림자들이 마침내 불에 의해 사라진 상황, 그리고 그 불은 우리의 마음에 새겨져 있다.

전태일이 비로소 추구하고 싶었던 가치, 우리가 현대에 와서 '전태일 사상'이라고 일컫는 것은 불과 그림자의 관계로 설명할 수 있다. 지금에 이르러서 그의 사상에 대해 생각하는 것은 많이 늦었을지도 모른다. 많은 사람들이 그의 사상이 현대에 당연히 적용되었을 것으로 생각하기 때문이다. 그러나 경제 성장을 중심적으로 추구했던 그 시절엔 보이지 않았던 노동 운동의 본래 목적이 지금에서야 보이는 경우도 적지 않다. 그래서 전태일 사상은 더욱 소중하다. 사람이 있고 그 사람들이 노동하는 한 그의 사상은 계속해서 떠오르게 될 것이다.

전태일 사상은 그의 독특한 가치와 많은 특징을 지니지만, 그중에서도 인류와 관련된 것은 세 가지가 있다. 먼저 전태일 사상은 공동체적이고, 다음으로는 헌신적이며, 마지막으로는 미래지향적이다. 세 관점에서 보이는 전태일의 선택은 자신의 이익을 위한 일이 아닌, 그 당시 자신의 동료나 미래 세대의 후손들에게 도움이 되는 길이었다.

전태일 사상이 공동체적이라는 관점에서, 전태일은 개인과 사회의 조화를 제일 추구했다고 볼 수 있다. 그가 노동 운동을 벌이던 당시에 사람들은 국가를 위한 개인의 희생은 정당하다고 보았다. 특히 이런 사회적 분위기로 인해 노동자들은 장시간 근로를 강요당하는 처지에 놓여 있었다. 그런 상황에 대한 전태일의 태도는 다소 인상적이었다. 이를 개의치 않는 사람들도 있었고, 심지어는 불합리한 처사에도 자신의 의견을 입 밖에 꺼내지 못한 사람이 여럿이었지만, 그는 남들과는 다르게 현실에 분개하며 저항하려고 노력했다.

이 저항의 이유는 다른 노동자들이 자신이 열악한 환경에서 일하고 있음을 자각할 수 있도록 하기 위해서였다. 그는 어둠 속에 있던 노동자들에게 불을 밝혀주었다. 자각한 노동자들은 어제와 다른 삶을 살게 되었다. 그들이 왜 세상에 소리를 쳐야 하는지 알려주었다. 노동자들은 사회 구성원의 핵심이었음에도 불구하고 소외되었다. 전태일은 노동자들에게 소속감을 심어준 것이다. 그의 그런 외침은, 왜 불이 일어났어야만 하는지 알아주기를 바라는 것이기도 했다. 따라서 그는 사회의 강요보다는 개인의 권리를 주장했고, 마침내 사회의 조화를 이루기 위해 그의 사상을 역설한 것이다.

이 책에서 볼 수 있었던 전태일 사상에서 가장 커다란 특징은 바로 '헌신'이었다. 전태일의 성실성과 업무 수행 능력은 이 책에서 나왔다시피 아주 뛰어났다. 그런데도 그에 맞는 보수와 직업을 버리고 굳이 힘든 길을 택한 것은 반드시 이유가 있기 때문일 것이다. 전태일 평전에는 노동자 동료들의 무시당하고 천대받는 열악한 현실이 특히 강조된다. 그러므로 전태일이 자신보다 낮은 직급인 동료들에게도 도움을 주는 모습을 자주 볼 수 있었다. '전태일 사상'은 이처럼 사회 구조 중에서도 가장 낮은 곳에 있는 구성원을 위해 헌신하고자 했던 것이었고, 그 구성원들이 결국 자신의 마음을 알아주기를 바라는 순수한 마음이었다.

비록 21세기 들어와서야 생각할 수 있는 특징이었지만, 전태일 사상은 미래지향적이었다. 결국 그가 예측한 일이지만, 그의 사상은 현대 사회 전반에 큰 영향을 미쳤다. 노동자들의 활동이 활발해졌고, 그들의 이익을 더 영향력 있게 추구할 수 있도록 여러 노동조합이 결성되었다.

그가 그의 일기에 썼던 내용을 두루 훑어보면, 그는 미래 세대에는 반드시 그림자가 없기를 간절히 염원했다. 미래 세대들은 그림자가 없는 불꽃과 같은 열정이 가득한 삶이 되길 바라며 그는 자신의 일기장을 채워나갔다. 그는 부당한 방법으로 노동자들을 탄압하거나 노조에 참여했다고 해서 해고를 하는 상황이 일어나서는 안 된다고 생각한 것이다. 그는 그가 행동하는 그 시대의 상황뿐만 아니라 연쇄적으로 일어날 상황까지 예측했다. 그는 끝까지 노동자들을 걱정하고 위하려 노력했다.

전태일 사상을 소중히 여겨야 하는 이유는 그 자체가 바로 인류를 사랑하는 방식과 깊은 연관성이 있기 때문이다. 개인뿐만 아니라 공동체의 이익을 같이 추구하고, 만인에게 헌신적이며, 미래를 내다보면서 현재를 평가하는 것은 어느 시대의 인간에게나 중요하다. 인간이 삶을 살아가면서 필요한 요소이기 때문에 그가 대단하다고 후대에 평가받는 이유이기도 하다. 공동체가 건강한 모습을 띠기 위해서는 개인의 기본권을 충족시켜야 한다. 그는 누구보다 그런 개개인을 소중하게 여겼기에 이런 사상들을 짧은 생임에도 불구하고 완성할 수 있었다.

또한, 전태일 사상을 배워야 하는 또 다른 이유는 과거의 우리가 그다지 중요하게 여기지 않던 권리, '교육받을 권리'를 몇 번이고 중요하다고 외쳤기 때문이다. 실제로 전태일은 집안 형편으로 인해 두 번 밖에 교육을 받지 못했는데, 그래도 그 시기가 가장 행복했다고 전해진다. 책에 나와 있는 내용으로 유추하면, 그는 노동자들이 그들의 현재 상황을 자각하지 못하는 이유가 충분한 교육을 받지 못해서이기 때문이라고 생각했다. 따라서 미래 세대의 우리에게는 그런 일이 절대 일어나지 않도록, 노동자 신분이라고 해도 미리 교육을 잘 받아놓으라고 간곡히 당부했다.

전태일이 불꽃이 된 지 어언 40년이 훌쩍 지났다. 청소년 신분의 나로서는 지금 내가 당연하게 누리고 있는 현대 사회가 익숙하기만 하지만, 전태일로서는 이 상황이 절대 눈에 익지 않을 것이다. 특히 당시 그가 추구했던 개인의 자유는 과하게 잘 지켜지고 있어 문제일 만큼 시대가 많이 변했다. 전태일 평전을 읽으면서 가장 많이 깨닫게 된 것은 내가 가지고 있는 기본 권리들이 많은 희생과 노력이 모여서 만들어졌다는 사실이었다. 내가 이 글을 쓰고 있는 시간은 그만큼 소중하다. 세상에 '당연함'은 존재하지 않는다. 보이지는 않지만 많은 것들을 우리는 손에 쥐고 있다. 그 사실을 항상 인지하며 살아가야 한다. 그 당연함은 쉽게 잃어버릴 수도 있어서 우리는 경계해야 한다. 그가 노동자들의 존엄을 외치면서 그들이 자각하게 했던 것만큼 우리도 그것을 배우고 공부하며 사회에 의문을 계속 던져야 한다. 우리가 만들고 있는 것은 올바른 진동인지, 올바른 불인지, 그림자는 없는지 생각해야 한다.

그러나 우리 마음속 '전태일'이라는 불은 점점 꺼져만 가고 있다. 많은 단체, 개인들은 소통과 공감의 문제를 겪고 있다. 이 모두 전태일 사상을 소홀히 한 채, 인간 사이의 사랑을 염두에 두지 않았기 때문이다. 우리는 그림자를 등지고 빛을 향해 나아가라는 말처럼, 전태일의 불처럼 타올랐던 열정을 단지 허상으로 만들려는 미련한 짓을 하지 않으면 좋겠다.

불에는 그림자가 없다. 이 말을 여러 각도로 생각할 수 있다. 전태일이라는 불로 인하여 우리는 그림자가 없는 삶 속에서 살아갈 수 있게 되었다. 그리고 불과 같았던 청년, 전태일이 가졌던 열정은 너무나 따뜻했기에 그림자가 없다. 우리는 그의 헌신적인 사랑을 항상 기억하며 그 불꽃을 마음에 품고 살아가야 한다. 전태일 평전을 읽고 나서 내 마음에도 하나의 불꽃이 생겨났다. 전태일의 후손인 우리는 그림자가 없는 불꽃의 형태로 미래 세대에게 전해주어야 한다. 그가 죽기 전에 동료들에게 남긴 말을 떠올리며 나는 끝나지 않은 그의 이야기를 마무리하고 싶다.

뼈의 무덤

뼈해장국집에서는 말소리가 기침처럼 터져나왔다
사람들의 입 안에서 흘러나오는 활자들은
저마다의 섧은 연대기를 쏟아냈다
술잔 속에 담긴 슬픔은 몇 리터나 될까
얇은 손목이 계속해서 술병을 기울였다
목울대를 울렁이며 넘어가는 슬픔들,
들려오는 웃음소리는 끝이 희미했다

여전히 나뭇결을 간직하고 있는 테이블 위,
자신이 가장 서럽다던 사람들 앞에는
둥근 그릇이 하나씩 놓여 있었다
그릇 속에 담긴, 제각기 다른 죽은 생들
부연 연기가 국화꽃처럼 피어나 종국에는
모두 흩어져버리고 말았다

국물 속에 걸쭉히 녹아버린 하나의 삶을
사람들은 쪽쪽 빨아먹었다
죽은 것들을 빠는 소리가 참 요란스러웠다
쇠붙이들은 자꾸만 부딪히고
얼마 남지 않은 살점을 뜯었다
날선 이가 그것을 씹기 위해 서로 맞닥뜨렸다
이미 죽은 생들은 혀 위에서

다시 으스러지곤 했다, 몇몇은
그릇을 통째로 들이켰다

사람들이 떠나고, 남겨진 그릇엔
뼈만 한 무더기 쌓여 있었다
그곳에선 어떤 수런거림도 들리지 않았다

골목길

인천의 청학동에선
죽어버린 나뭇가지 같은 골목길들이
작은 동네를 꿰고 있었다
길 잃은 왜바람이 흘러들 때면
전깃줄 우는 소리가 떨어져내리던
골목 어귀
아스팔트 조각이 떨어져나간 자리는
옹이구멍처럼 보이기도 했다
그 골목길 구석엔 버려지듯 자리한
청솔 전파사가 있었다
그곳에선 이따금씩 문 틈새를 지나
옛날 가요의 선율이
사람들의 귓가로 날아들었다
나뭇잎 흩날리듯 작은 멜로디가
골목을 더듬었다
사람들은 전파사 앞을
고장 난 물건을 품에 안고, 휘청휘청
고장 난 걸음으로 오갔다
테이프가 돌아가지 않는 카세트와
속이 훤히 뚫린 전자레인지
넝쿨처럼 얽혀 있는 전선
제대로 닫히지 않는 미닫이문 앞,
늘어서 있는 전자기기들
한 축이 무너진 것들은

언제나 그곳에 발이 묶였다
시들어버린 골목 모퉁이에서
유독 푸르러 보이던 청솔이라는 이름
반쯤 불이 나간 간판 위로
가물거리는 보안등 불빛이 내려앉았다

목발

신기시장의 뒤편, 햇빛이 잘 들지 않는 골목
사람들의 토막난 말소리를 피해 들어선
좁은 좌판 하나
그곳에는 절름발이가 살았다
그의 한쪽 다리가 나뭇가지 휘청이듯
자꾸만 절룩거렸다
좌판 앞에는 야채들이 줄지어 놓여 있었다
이파리가 구멍 난 야채들이 팔릴 때면
절름발이는 몇 번이고
이 빠진 웃음을 지어 보였다
움푹 들어가는 보조개가 홈집처럼 패였다

그늘진 벽에 기대어 서 있던 나무 목발
걸어야 할 일이 생기면 그는
어김없이 목발을 짚었다
절름발이가 횡목을 부여잡고
한 걸음씩 내딛을 때마다, 나뭇결이
힘줄처럼 솟아나는 것 같았다
세로로 이어진 나뭇결의 갈피가
언뜻 푸른 동맥 같아 보이기도 했다

밤이 찾아오면 좌판을 정리한 채로
다리를 절며 사라지는 절름발이,
목발의 끝이 어둠을 더듬었다

그는 가물거리는 풍경 속에서
잠겼다 떠오르기를 반복했다
그의 뒷모습이 어둠에 잠겨가고 있었다

흰머리 세는 동안

엄마는 이제야 늙는 걸까? 막연한 질문이 수면 위로 떠오르게 된 것은 어젯밤, 그러니까 정확히 하자면 엄마의 하얀색 머리카락 한 올을 보고 나서부터였다. 엄마는 분명 어렸다. 열아홉에 홀로 나를 낳았으니, 요즘 말로 하자면 '리틀맘'에 '싱글맘'인 셈이었다. 엄마는 열아홉 때부터 편의점, 공장 등 여기저기를 전전하며 직장을 자주 옮겨다녔는데 이번에는 꽤 오래 동네 미용실에 정착해 일하고 있었다. 군이 세보자면 한 4년 정도 됐으려나. 어제, 그러니까 미영과 함께 떡볶이를 먹고 돌아오던 날 저녁 엄마가 일하는 미용실에 불이 켜져 있는 것을 확인하고는 평소처럼 미용실 문 앞에 섰다. 엄마가 바쁘다며 미용실에 자주 오지 말라고 당부를 줬던 것이 문득 떠올랐지만, 오늘은 영업도 끝났을 테니까. 미용실 문을 열자 엄마는 바닥에 납작 엎드려 있었다. 그리고 그 바닥에는 검은 염색약이 먹물처럼 곳곳이 얼룩져 있었다.

"엄마!"

내 말에 엄마가 고개를 들었다. 그리곤 걸레로 몇 번 더 바닥을 닦아내며 몸을 일으켰다. 약 엎었어? 엄마는 대강 그렇다 대답하며 건물 화장실에서 낡은 대걸레를 가지고 왔다. 뒤에는 원장 아줌마도 함께였다. 원장 아줌마는 평소처럼 짙은 립스틱을 바르고는 입술을 씰룩였다. 그리고는 카운터에서 남은 사탕을 내 손에 쥐어줬다. 왔니? 나는 오렌지 맛 사탕을 하나 까 입안에 밀어넣고는 화장실에 가 대걸레를 하나 더 가져왔다.

"설마 또 그 할머니?"

"아니. 이번에는 그 할머니 아들."

엄마에게 물은 질문이었는데 원장 아줌마가 사탕을 오도독 씹으며 대답했다. 이 미용실에는 꽤 많은 진상 단골이 있었다. 그중에서도 제일가는 손님 한 명이 있었는데 바로 A동 할머니였다. 나이는 육십 대 후반 남짓해 보이지만 머리가 정말 백발 수준으로 하얗게 센 할머니는 늘 머리를 길게 늘어뜨리고 미용실에 출근 도장을 찍었다. 아침 일찍 미용실 문 앞에서 엄마를 기다리다가 엄마가 출근할 때면 같이 들어오고 나갈 때는 또 같이 나간다고 했다. 벌써 1년째 그 일이 반복되고 있었다. 원장 아줌마의 말로는 오늘 엄마가 참다 참다 A동 할머니에게 대체 왜 이러시냐 하고 화를 내며 물으니 아들을 불러 다짜고짜 엄마를 패라고 했단다. 아들은 미용실에 와서는 다 노쇠하신 할머니가 좀 더워서 에어컨 빵빵한 미용실에 있겠다는 게 그렇게 죄냐고 물으면서 손을 올렸다고 했다. 그 아저씨 완전히 미친 거 아니야? 엄마는 가만히 있었어요? 내 물음을 들은 원장 아줌마가 고개를 절레절레 저었다. 생긴 것도 완전 깡패같이 생겼어. 말 들어보니까 할머니는 치매인 것 같던데. 고생을 얼마나 했으면 늙어서 머리도 다 하얗게 세버리고. 아들은 경찰 부른다니까 난리였지 난리. 저기 다 깨진 약값들은 어쩔 거야 정말. 어느새 걸레를 빨아 온 엄마가 내게 가자며 손짓했다. 저 가볼게요. 원장 아줌마가 개인 라커룸에서 열쇠를 챙기며 답했다. 그래. 마지막 날까지 고생이네. 마지막 날? 그 말에 의아함을 느꼈지만 대수롭지 않게 인사를 한 뒤 엄마를 따라나섰다. 엄마가 미용실에서 일하기 시작한 건 거리에 있어 편리하기 때문이 아닐까 싶을 정도로 미용실 건물과 우리 집은 가까웠다. 바로 한 블록만 걸어가서 횡단보도를 건너면 우리 집 아파트가 나온다. 엄마는 피곤한지 안색이 좋지 않았다. 진상 손님들의 끈질김과 그들이 주는 스트레스를 지극히 잘 알기 때문에 그러려니 하고는 조용히 엄마 뒤를 따를 때였다.

"엄마. 여기 흰머리 있다."

엄마의 검은 니트 위로 흰 머리카락이 한 올 떨어져 있었다. 엄마도 이제 할머니 되려나봐. 장난스럽게 말을 걸자 엄마가 나를 보고는 가볍게 웃었다. 그래. 나도 이제 늙어가려나 보다. 그 순간 나는 손에서 떨어지는 흰 머리카락 한 올을 보며 이상한 괴리감에 휩싸이게 됐다. 엄마는 늘 젊고 건강하다고 생각했었는데. 근래에 진상 손님 수가 많이 늘었나. 동네에서 그나마 큰 미용실이기 때문에 엄마가 하루에 상대하는 손님은 많을 수밖에 없다. 그러다 보니 자연스레 정말 다양한 손님들과 얼굴을 맞대야 했는데 원장 아줌마가 그만큼 진상은 한 트럭이 넘는다고 말했다. 샴푸를 하다가 물이 차다며 손찌검을 하려는 사람, 머리가 너무 짧게 잘렸다며 돈을 받지 말라는 사람 등등. 엄마는 그럴 때마다 속으로 10초를 센다고 했다. 그러면 저절로 속이 편해지고 참아 넘길 수 있다나 뭐라나. 그렇게 말하며 일하면서 스트레스를 안 받는 사람은 없다는 말도 덧붙였다. 엄마가 말했듯 엄마가 아무리 참는다 한들 안타깝게도 엄마가 스트레스를 받는 것은 어찌 보면 당연할 수 있는 일일 것이다. 엄마는 피곤한지 방에 들어가자마자 펴진 이불 위에 몸을 뉘었다. 나 역시 방에 들어가 잠을 청하려 했지만 잠이 오질 않는다. 두꺼운 이불 위로 몸을 뒤척였다. 왜 자꾸 그 당연한 흰머리 한 올이 마음에 걸릴까.

엄마는 내가 초등학생 때부터 미용실에서 일을 시작했다. 8시 정각 퇴근이라는 원장 아줌마의 말마따나 전과는 다르게 늘 일찍이 집에 들어왔다. 그럼 나는 엄마에게 가 한참 코를 킁킁거렸다. 엄마에게서 나는 미장원 냄새가 좋았다. 미용실 약품들이 섞여서 내는 냄새들. 엄마가 공개 수업 때라도 오는 날이면 자랑스러웠다. 화장기와 향수 냄새가 짙은 학부모들 사이에 끼여 있는 엄마가 더욱 예뻐 보이면서 그냥 젊은 아가씨 같다고도 생각했다. 나는 그러면 그 모습을 보고는 친구들에게 으스댔다. 우리 엄마 미용사다? 잘 어울리지. 초등학생의 흔한 영웅 심리 같은 것이었다.

"부럽다. 우리 엄마는 나 파마도 절대 못 하게 하는데."

게다가 연진이 엄마 짱 예쁘고 완전 젊잖아. 그러면 친구들은 늘 이렇게 말하며 머리를 비비 꼬았다. 나는 그럴 때마다 잔뜩 솟은 어깨를 으쓱이곤 했다. 중학교에 입학하고 나서도 나를 그렇게 만들어 주는 엄마가 좋았지만, 엄마는 그러지 않았던 모양이다. 원장 아줌마의 '마지막 날'이라는 단어의 의미는 바로 다음 날 알게 되었다. 불이 켜진 미용실은 평소처럼 영업을 끝내고 청소를 하고 있었지만, 엄마는 보이지 않았다. 엄마는요? 하고 원장 아줌마에게 묻자 아줌마는 지영 씨 어제부터 일 옮겼는데, 하고 나를 쓱 보더니 대답했다. 아줌마의 말로는 엄마가 중소 유통기업 회사로 입사했단다. 처음 듣는 소식이 당황스러웠지만 아무렇지 않은 척 집에 온 뒤 생각에 잠겼다. 왜 미용실을 그만뒀지? 아무래도 심리적 압박이 너무 컸던 탓이었을까? 근래에 좀 지쳐 보였던 것 같기도 하고. 엄마는 그 이후로 내가 아주 어렸을 때처럼 집에 늦게 들어왔다. 얼굴을 보지 못하는 날이 더 많았다. 전화도 잘 받지 않았다. 어쩌다 한 번 전화를 받아도 오늘 늦으니 밥을 잘 챙겨 먹으라는 형식적인 안부뿐이었다. 덕분에 언젠가부터 청소는 저절로 내 차지가 됐다. 그런데 언제부터였는지 청소기를 돌릴 때마다 엄마의 방에서 몇 번씩이나 흰머리를 발견한다. 오늘도 마찬가지다. 청소기 전원을 끄고 방에 딸린 거울로 내 머리를 들여다봤다. 역시 내 머리를 아무리 헤쳐봐도 흰머리는 없다. 그 회사도 여전히 엄마에게 스트레스를 많이 주는 걸까? 전원 버튼을 누르자 청소기가 다시 큰 진동소리를 내며 돌아갔다.

흰머리 나는 이유. 컴퓨터가 느려 포털 사이트 창을 하나 여는 데도 시간이 오래 걸린다. 팔짱을 끼고 10초를 세자 그제야 창이 열렸다. 구시렁대며 마우스를 움직였다. 피시방을 갈 걸. 이놈의 고물 컴퓨터. 나온 지 한참도 더 된 모델이라 속도가 느려 잘 쓰지 않았는데, 역시 오래간만에 켜도 마찬가지다. 질문 Q&A 창에 들어가 많은 사람이 올려놓은 질문과 답변들을 확인했다.

Q. 제가 어린데 요즘에 흰머리가 나거든요. 이유가 뭐에요? 내공 냠냠 사절.
A. 담배를 피워서 그렇습니다. 끊으시고 내공 주세요.

엄마는 천식이 있어서 담배 냄새도 못 맡는 사람인데. 스크롤을 내려봐도 다른 답변은 없다. 결국, 또 다른 질문을 클릭했다. 아. 짜증 난다. 숫자 또 언제 세.

Q. 스무 살인데 흰머리가 나요. 왜 그런 건가요?
A. 흰머리가 생기는 이유는 모근에 있는 멜라닌이 정상적으로 합성되지 않음으로써 생기게 됩니다. 멜라닌이란 피부, 눈 등 색깔을 내는 색소로······.

뭐가 이렇게 장황한 거지? 초등학생 때부터 과학 시간은 질색이었는데. 멜라닌? 천천히 눈을 끔뻑거리며 읽으려 노력했다. 하지만 결국에는 눈꺼풀을 비볐다. 읽으니까 졸리다. 다른 걸 봐야겠어. 정말 신중하게 골라서. 미간까지 좁히고 마우스 휠을 내렸다. 아, 이거다. 질문을 누르고 숫자를 세자 30초도 안 돼서 답변이 나타났다.

Q. 아직 서른 중반인데 벌써 흰머리가 납니다. 혹여나 몸에 문제가 있는 걸까요? 진중한 답변 부탁드립니다.
A. 흰머리가 나는 이유에는 다양한 원인이 있습니다. 일반적으로

는 노화가 일어나면서 자연스럽게 나는 것이고 새치일 경우에는 스트레스나 다양한 환경적 요인으로 인해 나타납니다. 유전적 요인도 있을 수 있고요. 단지 흰머리만 발견하셨을 경우에는 별 지장이 없을 것이니 마음 놓으시길 바랍니다.

등받이에 등을 기댔다. 의자가 삐걱거렸다. 나도 이제 늙어가려나 보다. 엄마의 말을 회고한다. 나는 엄마가 평생 젊으리라고 믿고 있었을지도 모른다. 나이도 아직 서른넷밖에 안 됐으니까. 머지않아 엄마도 할머니들처럼 눈가에 주름이 하나씩 늘어가고 얼굴에 거무스레한 검버섯도 피면서 볼도 홀쭉해지고 그러려나? 머리도 새하얗게 센 채로 하염없이 미용실 의자에 앉아 있고. 엄마도 그럴까? 할머니들은 그러다가 얼마 안 있어 사라지잖아. 그럼 나는 세상에 혼자 남겨지면서 엄마가 만들어준 장조림도 못 먹을 테고 미용실에 들를 마땅한 핑곗거리도 사라질 텐데⋯⋯. 결국 결론을 내지 못한 채 한숨을 쉬며 컴퓨터 모니터를 껐다.

"너 양말 거꾸로 신었다."

영미의 말에 황급히 발을 숨겼다. 오늘 늦잠을 자서 급하게 나오느라고. 영미가 팔짱을 끼고는 나를 빤히 바라봤다. 그러고 보니까 너 요즘 자꾸 지각하더라. 쌤이 맨날 연진이 안 왔니 하고 물어보면 내가 더 민망해져. 대충 웃으며 넘기려는데 문득 영미에 관한 기억이 스쳐 지나간다. 그러고 보니 예전에 영미 아버지가 동네 병원에서 의사로 일한다고 했었지.

"영미야, 흰머리가 왜 나는 건지 알아?"

"흰머리? 갑자기 웬 흰머리?"

왜 연진이 너 요새 흰머리 나니? 영미가 냉소적인 웃음을 지었다. 아니, 그게 아니고. 대충 둘러대려다가 결국 영미에게 털어놓았다. 네 아버지에게 물어봐주면 안 될까? 흰머리가 왜 나는 건지. 영미가 내 말이 어이없다는 듯 입꼬리를 비죽이더니 성의 없는 대답을 툭 던졌다. 야, 무슨……. 그런 걸 뭐하러 물어봐?

"당연히 흰머리야 늙으니까 나는 거지."

갑작스레 원장 아줌마와 영미의 문장이 합쳐져 귓가에서 빙빙 돈다. 고생을 얼마나 했으면 늙어서 머리도 다 하얗게 세버리고. 당연히 흰머리야 늙으니까 나는 거지. 사고회로가 정지된 것 같이 머리가 띵하고 어지럽다. 순간적으로 관자놀이가 지끈거렸다. 책상에 몸을 엎드렸다. 뭐야. 왜 말을 하다가 갑자기 엎드려? 영미가 툴툴댔다. 영미가 들을까 속으로만 되뇌며 생각했다. 왜 다들 똑같은 이야기만 해. 짜증 나.

책상에 프린트 된 영수증 종이가 하나둘 떨어졌다. 너희들, 이 종이 찢거나 버리면 안 되는 거 알지? 선생님의 말에 종이를 받아 든 아이들은 대충 종이를 접어 가방에 구겨넣고는 집에 갈 채비를 했다. 그러나 내 책상은 허전했다. 옆에서 영미가 물었다. 영수증 못 받았어? 고개를 끄덕였다. 선생님이 영수증을 다 나눠줬다는 걸 확인하려는 듯 손을 한 번 바지에 닦더니 교탁 앞에 섰다. 왠지 다들 쳐다보는 기분이네. 괜히 홀로 민망해져 목 부근을 긁적였다. 선생님이 말문을 틔웠다. 요새 선생님들 사이에서 우리 반 칭찬 많이 받는 거 알지? 아이들이 큰 소리로 대답했다. 아무래도 아이들은 빨리 종례를 끝내고 싶은 모양이었다. 선생님이 한 번 흠, 하며 콧김을 내쉬더니 말했다. 그런데 수업료 결재를 올릴 때 우리 반에서 한 명이라도 빠진 학생이 있으면 다른 선생님들이 어떻게 볼까?

"어떨 것 같니, 연진아?"

동시에 모두가 나를 응시했다. 모든 시선이 나에게로 몰렸다. 내가 수업료 납부 가정통신문을 나눠준 지가 꽤 된 것 같은데. 우리 반을 위해서라도 이런 부분은 정말 사무적으로 제때 처리해야 해. 그러기 위해서는 너희가 모두 선생님을 도와야 하고. 그렇지? 다시 한 번 우렁차게 아이들이 대답했다. 아직 미납한 학생은 꼭 내일까지 입금해주길 바란다. 반장. 바닥이 끌리는 소리가 들린 뒤 반장의 목소리가 뒤에서 들렸다. 차렷. 경례. 안녕히 계세요. 다들 재빨리 책상 위에 올려둔 가방을 들고 교문을 나섰다. 나는 엉덩이를 의자에서 떼지 않은 채로 천천히 필통을 가방에 집어넣었다.

　새벽 두 시. 잠이 몰려온다. 원래라면 이미 잠자리에 들고도 남았을 시간이다. 고개를 떨궈버리려다가 다시 목을 빳빳이 든다. 현관에는 엄마가 미용실에 다닐 때 신고 다녔던 운동화와 슬리퍼뿐이다. 엄마는 대체 그동안 몇 시에 들어왔던 걸까. 잠을 깨기 위해 부엌에 가 커피 믹스 봉지를 뜯을 때였다. 현관문에서 열쇠 소리가 들리더니 엄마가 문을 열고 들어왔다. 많이 지친 얼굴이었으나 모든 걸 제쳐놓은 뒤 나는 엄마에게 가 물었다.
　"엄마. 왜 아까 전화 안 받았어?"
　"일할 때는 전화 잘 못 받는다고 했었잖아."
　엄마가 베이지색 구두를 벗더니 귀찮다는 듯 잠긴 목소리로 대답한다. 그리고는 물에 젖은 솜처럼 힘없는 몸을 이끈다. 나는 재빨리 엄마의 방문 앞을 가로막았다. 엄마가 뭐냐는 듯 나를 바라본다. 엄마에게서 옅은 술 냄새가 난다. 이때까지 술 마신 거야? 턱 끝까지 많은 문장이 차오른다. 입술을 꽉 깨물었다. 엄마, 나랑 얘기 좀 해. 엄마가 소리 나도록 한숨을 쉬었다.
　"엄마 피곤해. 나중에 얘기하자."
　"나중에 언제?"
　엄마 요즘 맨날 바쁘다면서 늦게 들어오잖아. 엄마가 가방을 내려놓고 대답했다. 뭐 때문에 그러는데? 여전히 번거롭다는 눈초리로 엄마가 시선을 맞춘다. 엄마는 내가 학교에서 무슨 일을 당했는지 모르니까 이러는 거겠지. 천천히 할 말들을 정리하려다 나도 모르는 새 문장이 속에서부터 혀로 뱉어져나온다. 오늘까지 수업료 내라는 가정통신문 안 읽어봤어? 엄마 이불 옆에 놔뒀었잖아. 엄마는 그런 내가 유난스럽다고 치부하는 건지 심드렁하게 대답한다. 엄마가 바빠서 그랬어. 미안. 못 봤네. 선생님이 내일까지 꼭 입금해달라고 당부까지 하셨어. 전에는 한 번도 이런 적 없었잖아. 엄마는 많이 피로한지 또다시 건성으로 대답한다. 알았어. 내일 입금할게. 나는 그런 모습에 화가 치민다.

"엄마 대체 요즘 왜 그러는 건데!"

"왜 갑자기 소리를 질러?"

"왜 소리를 지르냐고? 엄마 때문에 내가 학교에서 무슨 망신을 당했는지 알아?"

"무슨 망신?"

"엄마는 내가 아빠 없다고 다른 애들이 무시했으면 좋겠어? 그래서 이래?"

매일 바쁘다고 늦게 들어오질 않나, 전화는 받지도 않고, 대체 나보고 어떻게 하라고! 소리를 지르고는 눈물이 나올 것 같아 바로 옆에 있는 화장실로 뛰어 들어갔다. 문을 걸어 잠근 후 주저앉으니 저절로 참은 눈물이 뚝뚝 무릎에 떨어진다. 결국 소리를 내어 흐느꼈다. 나조차도 내가 한 말과 행동이 어리다는 것을 알고 있었다. 나는 분명 나중에 이것을 후회하겠지. 그래도 나는 아직 어린데 좀 어리게 행동하면 어때서. 서럽단 말이야. 엄마가 점점 변해가는 것 같았다. 콧잔등이 아렸다. 눈앞이 아득해지면서 서서히 머리가 아팠다. 젖은 무릎에 이마를 박았다. 20분 정도 지났을 때 세수를 하고 대충 방으로 들어가야겠다 싶어 세면대에 가 물을 틀려던 참이었다. 발갛게 부어오른 눈꺼풀을 찌푸렸다. 그 앞에는 희고 얇은 것들이 잔뜩 뭉쳐져 있다. 나는 다시 한 번 눈을 찌푸린다.

"연진이가 국가 지원 대상자던가?"

선생님이 자리에 덕지덕지 붙은 포스트잇들을 보더니 한 번 물었다. 순간적으로 시야가 뿌옇게 흐려졌다. 아뇨. 어쩔 줄 모른 채 고개를 아래로 처박았다. 엄마가 미용실에서 일하고 나서부터는 원장 아줌마가 가불을 자주 해줬기에 한 번도 급식비나 수업료가 밀린 적이 없었다. 그 후 엄마가 회사에 다니고 나서부터도 형편이 분명 나아지고 있다 생각했다. 용돈이 조금 올라가기도 했으니까. 그렇다면 왜 아직도 엄마는 입금하지 않은 거지. 술을 마신 탓에 어제 일을 잊은 건가. 그런 생각을 하던 와중 다시 선생님이 입을 열었다. 집에 부모님 계시니? 아니요. 그럼 전화 한 번만 해볼래? 선생님이 그제야 고개를 들고는 의자를 뒤로 쭉 뺐다. 전화기를 편히 이용하라는 일종의 불편한 배려였다. 나는 그 자리에서 머뭇거리다 수화기를 들었다. 대충 번호를 누르자 몇 번 신호가 갔다. 하지만 그뿐이었다. 역시나 전화를 받을 수 없다는 안내 음성만 흘러나오고 있었다.

"꼭 오늘까지 내달라고 말했을 텐데……."

어디선가 올라오는 수치심이 머리끝까지 도달했다. 선생님의 한숨 소리가 너무 크게 들려서일까. 나는 딴생각을 하며 시간을 보내다 오늘까지 꼭 말씀드리겠다는 말을 마치고 교무실을 나왔다. 문이 소리를 내며 닫힌 후 교실에 가 가방을 들었다. 대걸레를 들고 청소 중이던 영미가 빠르게 다가왔다. 무슨 일이래? 동그란 눈으로 묻는 영미를 보다 시선을 잠시 아래로 내리깔았다. 교실 바닥이 미끄러울 정도로 반들거렸다. 결국, 영미에게 대충 웃어 보였다. 무슨 오류가 있었나봐. 영미가 대걸레 손잡이에 몸을 지탱한 채 끄덕거렸다. 수긍한다는 태도였다.

"그렇지? 난 또 너 나라에서 지원받고 그런 건 줄 알았네."

청소 곧 끝나는데 집 같이 가자. 조금만 기다려줘. 내가 고개를 저었다. 나 오늘 일찍 들릴 데가 있어서. 미안, 내일 보자. 억지로 인사를 끝내고 교실을 나오자마자 교문부터 정류장까지 최대한 빠르게 뛰었다. 엄마에게 다시 한 번 전화를 걸어봤지만, 엄마의 목소리는 여전히 새어나오지 않았다. 꼭 오늘 안에는 수업료를 받아야겠다는 생각이 들었다. 그래. 오늘은 꼭 담판을 짓자. 처음으로 반대편의 정류장에 섰다. 새삼 마주 보고 있는 풍경이 어색했다. 내가 섰던 곳은 저렇게 생겼었구나. 쓸데없는 생각을 하다 버스노선표를 둘러봤다. 07번. 이걸로 타면 되는 걸까. 노선을 눈으로 쫓았다. 차 소리에 뒤를 돌아보니 07번 버스에서 사람이 내리고 있었다. 결국, 떠밀리듯 버스에 올라탔다. 사거리까지 가죠? 기사 아저씨가 대충 고개를 끄덕였다. 머리가 많이 하얗게 세셨네. 하얗게. 기사 아저씨의 흰머리를 남모르게 곱씹으며 자리에 앉았다. 처음 가는 길은 생각 외로 무섭지 않았다. 빌딩들이 빼곡히 몸을 맞대고 서 있는 것도 자주 보던 정경이었다. 사거리 앞에 도착한 버스는 미련 없이 나를 내려주고는 떠났다. 나는 그 자리에 서서 지도를 검색했다. 구형 스마트폰이라 그런지 검색 속도가 느렸다. 천천히 10초를 셌다. 깨진 액정 위로 지도가 떠올랐다. 느릿한 지도를 보며 시나브로 걸었다. 퇴근 시간인지 횡단보도에는 꽤 많은 사람이 신호가 바뀌기를 기다리고 있었다. 홀로 사람들의 머리를 올려다봤다. 개중에는 검은 머리칼이 가장 많았다. 그다음으로는 갈색. 그다음으로는 노란색. 왜 흰색은 없을까? 신호가 바뀌었다. 흰색 머리가 유행한다면 자신이 늙고 있다는 것을 조금이라도 속일 수 있지 않을까. 이제는 별의별 생각을 다 하는구나. 그 후 이어폰을 꽂고 무념하게 골목까지 걷다보니 주차장이 딸린 건물이 눈에 들어왔다. 고동색 벽돌로 지어진 건물을 둘러보다 지도를 확인했다. 건물은 생각보다 조금 더 낡아 보였다. 느릿한 핸드폰을 대충 끄고 이어폰과 함께 교복 치마에 욱여넣은 뒤 유리로 된 문을 열었다.

"미스 김, 여기도 커피 한 잔만."

계단을 올라 이곳저곳 돌아다녀봤지만, 엄마는 보이지 않았다. 복도를 걷는 사람들이 나를 힐끔거렸다. 웬 여자가 말을 걸어오기도 했다. 2층에 도착하자 제3팀이라는 글자가 유리문에 붙여져 있었다. 그때였다. 탕비실이라 푯말이 적힌 반대쪽 문에서 엄마가 종이컵 두어 개를 들고 나왔다. 다 헌 베이지색 구두가 위태로워 보였다. 놀라 옆으로 숨었지만, 유리문 너머의 엄마는 나를 보지 못한 듯 그대로 들어갔다. 그런 후에는 고맙다는 말 따위들이 들려왔다.

"미스 김, 내 거는?"

실망이네. 익살스러운 목소리가 들렸다. 죄송해요. 오늘 처음 듣는 엄마의 목소리가 새어나왔다. 설마. 나는 계단에서 멈칫했다. 그리고는 심호흡을 한 번 한 뒤 슬그머니 열린 문 앞까지 걸었다. 막 타온 커피 냄새가 진동했다. 안경을 쓰고 있는 젊은 남자가 커피를 마시며 말했다.

"애도 있는 사람한테 자꾸 미스 김이 뭐에요."

"그럼 뭐라 부르나? 미세스 김? 에이, 입에 안 붙잖아."

"게다가 미스 김은 우리 회사 얼굴마담 아니야. 얼굴마담에 미세스 김은 좀 깨지."

배가 볼록한 아저씨들이 낄낄거리며 웃었다. 그리고는 엄마에게 의견을 물었다. 지영 씨도 미스 김이 좋지 않아? 젊어 보이고. 비뚤게 맨 넥타이부터 오늘 면도는 하지 않은 건지 모양대로 짧게 난 수염, 구겨진 셔츠 자락까지 모든 것이 불쾌한 남자였다. 그리고 지영 씨가 어딜 봐서 기혼으로 보이나. 실제로 나이도 어리고 말이야. 저는 상관없습니다. 엄마는 담담히 대답하고는 종이 뭉텅이를 정리했다. 적어도 이 부서에서는 엄마 혼자 여자인 것 같았다. 이것 봐. 지영 씨는 괜찮다는데 박 대리가 괜히 나선다니까. 불쾌한 남자가 커피 냄새를 음미하다 무언가 생각난 듯 책상을 주먹 뼈로 통통 쳤다.

"그때 왜 우리, 회식에서도 박 대리가 완전히 취해서."

아저씨들이 다시 낄낄대기 시작했다. 검은 심해 한가운데에 있는 것처럼 속이 울렁였다. 그래도 미스 김이 들어오고 나니까 회식 분위기가 아주 확 살지 않았나. 그렇지? 그리고는 더욱 퍼져나가는 웃음소리들. 역시 여자 하나가 잘 들어오는 게 중요하지. 남자 부서라서 좀 칙칙했어? 나는 그 문 앞에서 주춤거렸다. 하지만 엄마는 여전히 흘러내린 안경을 고쳐 쓰고는 무언가를 노트북으로 작성하고 있었다. 미스 김은 혼자 애 키우려면 힘들지 않나? 그런 의미로 우리 박 대리 어때? 솔직하게. 글쎄요. 엄마의 대답에 싱겁다는 듯 다들 야유를 보냈다. 다시 보이네, 지영 씨. 보통 유부녀들은 젊은 남자를 좋아하지 않나? 그럼 혹시 나 같은 타입은 어때? 그들 중 홀로 서 있는 아저씨가 능글거리게 말했다. 엄마는 종이에 시선을 고정한 채 대답했다. 저 서른넷입니다. 그런데? 아저씨가 눈썹을 꿈틀거렸다. 부장님은 이제 쉰 바라보시잖아요. 저처럼 아이에다 아내분도 계시고요. 탕비실 문 앞에 선 여자가 나를 보고 물었다. 누구 찾는 사람 있니? 나는 놀라 재빨리 계단 밑으로 숨어 들어갔다. 미스 김. 엄마는 지금껏 이렇게 불렸던 걸까. 치마 주머니 속에서 진동이 울렸다. 언제쯤 입금될 수 있다고 하시니? 담임선생님의 문자였다. 나는 주저하다 답장을 보냈다. 곧 하실 수 있대요. 죄송합니다. 그리고는 심호흡을 한 뒤 다시 계단을 올랐다.

"당장 시말서 써!"

"시말서요?"

갑작스레 큰소리가 들렸다. 입사한 지 얼마나 됐다고, 저번에는 육아 휴직으로 이틀이나 빠질 않나. 김지영 씨 말 대로 누구는 뭐 애 없어? 애 안 키워? 봐주니까 벼슬이다, 벼슬이야. 그렇지? 부장이라는 남자가 넥타이를 풀어헤쳤다. 일도 혼자서는 제대로 못하는 주제에. 남자가 중얼거리듯 큰소리로 말했다. 아무래도 사고 친 고졸이라 그런 건가? 웃음소리는 마우스가 딸각이는 소리와 키보드를 두

들기는 소리로 변질되어 있었다. 마치 교실에서 떠들다가 선생님이 들어오면 순식간에 조용해지는 것처럼. 어색하게 펼쳐지는 소리는 비겁했다. 천장에 달린 에어컨이 탈탈거리며 돌아갔다. 보이지 않는 공기 속에서 하나같이 이리저리 눈치를 보고 있었다. 엄마가 고개를 숙였다. 죄송합니다. 밝은 형광등 밑 이리저리 흩어져 있는 검은 머리에서 다시 흰머리카락이 보였다. 한 올뿐이었던 머리카락은 못 본 새 셀 수 없이 많이 늘어나 있었다.

"그런데 부장님. 시말서는……."

"왜, 이것도 싫은가? 지금 이게 근무 태만 아니면 뭐야?"

아닙니다. 쓰겠습니다. 엄마가 다시 허리를 숙였다. 다시 한 번 흰머리가 내 머릿속으로 각인되려는 듯 몸을 드러냈다. 눈물이 돌려고 할 때였다. 10초만 세면 된다는 엄마의 말이 갑작스레 떠올랐다. 엄마는 지금 분명 속으로 10초를 세고 있겠지. 나는 후들거리는 다리를 겨우 붙잡으며 숫자를 세기로 마음먹었다. 10초만 지나면 이 모든 것은 지나갈 것이다. 나는 그렇게 이 모든 상황이 정리될 수 있을 것이라는 확신을 다잡았다. 십, 구, 팔, 칠. 그리고 떨리는 몸을 진정시키기 위해 천천히 눈을 감았다가 떴을 때였다. 남자의 손길에 의해 책상 위에 있던 종이들이 엄마의 머리 위로 가볍게 공중을 날았다. 유리문 사이로 비친 엄마와 눈이 분명하게 마주쳤다. 엄마는 흰 종이들 사이로 눈길을 돌리지 않은 채 계속해서 나를 바라봤다. 시간이 멈춘 것처럼 마주한 두 눈만이 깜빡였다. 초는 계속 흐르고 있었다. 삼, 이, 일…….

낮은 곳에서 피어오른 불씨는 거대한 열정을 낳는다
─『전태일 평전』을 읽고

일전에 나는 슬픈 이야기를 써본 경험이 있다. 어려운 사람들의 삶. 불행하고 처절한, 그래서 울부짖는 이들의 이야기. 어릴 적 겪었던 가난이나 부모님이 지나온 격렬한 젊은 시절들, 여기저기서 들었던 경험담과 책을 통해 간접적으로 접해본 세상, 그리고 나의 상상력이 뒤섞인 A4 두어 장 분량의 소설이었다. 이 책을 곱씹으며 나의 짧은 소설이 어쭙잖다는 생각이 가득이었다. 물론 내 손끝에서 탄생한 인물들의 불행과 고독을 폄하하고픈 마음은 전혀 없었다. 하지만 그들의 이야기를 감히 풀어내는 나의 마음가짐이, 가벼운 손을 놀렸던 나날들에 질책하고픈 감정은 가득했다. 절벽의 끝에 선 나약한 사람들의 다 낡아버린 신발 뒤축에 건방진 온점을 찍곤 했던 나는 전태일의 삶을 통해 그 절벽의 지하에서 들끓는 한의 소리를 봤다. 느꼈다. 들었다. 지극히 낮은 곳에서, 그럼에도 남을 생각했던 영원히 젊을 그의 젊은 시절. 먼저, 그의 삶을 위한 짧은 기도를 올리는 바이다.

청년 전태일의 죽음은 숱하게 들어본 것이었다. 평화시장에서 불길에 휩싸이며 외쳤던 노동자의 인권. 고작 이 한 줄로 그의 죽음을 알아왔다는 사실이 통탄스러울 뿐이다. 전태일 열사는 단지 '내가 불편해서' 시작한 게 아니었다. 같이 일하는 시다들, 피를 토하는 여공들, 사흘 밤낮을 새며 온몸이 굳어가는 어린아이들……. 각박했던 당시 세태에서 열사는 자신의 이익을 채우려 급급한 삶을 지양했다. 한순간도 벗어나보지 못한 가난의 쳇바퀴에서 온몸이 부서지고 있는 중에도 더 어려운 사람을 생각했다. 바른 권리를 위해 싸우고자 했다. '바보회'의 대장인 그는 '바보회'와 가장 잘 어울리는 사람이었다. 열사가 어려운 삶을 살았다고 해서 그의 희생이 유별나게 숭고해지고 가치 있다는 의미가 아니다. 다만 끊임없는 어려움 속에서도 무릎을 꿇지 않았던 열사의 의지와 열정에, 그 따스한 애정에 감탄할 뿐이다.

나는 나의 이기적인 삶을 돌아봤다. 조금의 이익도 놓치지 않기 위해 하루하루를 고군분투하며 살아온 나의 짧은 삶을 반성했다. 바르지 않은 일에 목소리를 높이는 용기도 없었다. 남을 도우면서도 타인의 시선을 의식했고 껍데기만 선하고자 날마다 연극을 벌였다. 하지만 전태일 열사는 전혀 다른 삶을 살았다. 그는 이 책을 통해 내게 엄청난 메시지를 주었다. 입으로만 떠드는 게 아닌, 행동하는 것의 중요성. 1970년의 20대 청년 전태일은 2016년 10대의 마지막을 보내고 있는 나에게 끊임없이 외치고 있었다. 나는 아직도 노조의 호소와 투쟁을, 노동자들의 고통과 젊은이들의 통탄스런 절규를 듣는다. 아직도 많은 이들이 살을 에는 사회의 한기 속에서 통쾌한 날숨 한 번조차 쉬이 내쉬지 못하는 삶을 살고 있다. 열사는 마지막 숨을 거두는 순간에도 이런 미래를 걱정했으리라. 살이 문드러지는 고통 속에서도 못다 이룬 거사의 앞날을 걱정하며 사랑하는 이들에게 맹세를 받았으리라. 열사를 둘러싼 친구들의 맹세에는 분명 내 것도 있었다. 몸 깊은 곳에서부터 우러나오는 다짐이 책을 꼭 쥔 나의 두 손을 타고 열사에게 닿기를 바랐다.

내 미적지근한 심장에 열사의 '내 죽음을 헛되이 하지 말라!'는 외침은 불씨가 되어 날아왔고, 이내 작지 않은 불꽃을 틔웠다. 그간 많은 책에 마지막 페이지를 넘기며 얻었던 교훈과는 그 온도가 달랐다. 열사의 짧은 일생을 통해 나는 비로소 발걸음을 내디딜 수 있는 용기를 가지게 되었다.

삶의 체험 속에서 찾아낸 과제나 시상을 자기 목소리로 풀어내는 일

본심에 올라온 작품들을 마주하면서 떠올리는 생각은 먼저, '전태일청소년 문학상'은 전태일 정신을 기리는 문학상이므로 이 상이 갖는 취지에 부응하는 작품이어야 한다는 점이었다. 그리고 지나친 상상적인 허구만으로 꾸며낸 작품이 아니라, 자신의 삶의 체험이 시적인 구조 속에 잘 녹아 든 것이어야 한다는 점, 그리고 마지막으로 당연한 일이지만 작품의 수준이 일정한 높이에 도달해야 한다는 점이었다.

오늘날의 교육, 문화 현실에 비추어 볼 때 청소년들의 실제 삶의 체험이 부족하고 깊고 넓지 못하다는 것은 누구나 인정하는 사실이고, 이런 현실이 작품에 그대로 반영되게 마련이므로, 우리가 기대하는 그런 조건들을 모두 충족시키는 작품이 생산되기란 쉽지 않을 거란 생각을 하면서도, 그럴수록 시를 시작하는 청년들은 시를 쓰는 행위가 시에 자신의 삶을 거는 일임을 명확히 인식하고 있어야 한다고 생각했다. 시와 삶의 분리는 자의식의 분열을 가져오고, 삶과 시의 관계 정립을 어렵게 할 뿐 아니라, 궁극적으로 삶을 현실에 뿌리내리지 못하고 허공에 머물게 될 가능성이 높기 때문이다.

이런 관점에서, 전태일청소년문학상의 의의와 청년 작가로서의 자세를 모두 생각한 결과, '인간다운 삶을 위해 온몸으로 저항한 전태일 정신을 오늘날의 현실에 비추고, 삶의 체험 속에서 찾아낸 과제나 시상을 자기 목소리로 풀어내어 시적인 형상화에 성공한 작품'을 주된 심사 기준으로 삼았다.

본심에 올라온 작품 중에 먼저 주목한 작품으로 이정화의 시 '지하 공장에서', '떠난 사람들', '이방인'이 있다. '지하 공장에서'는 노동자의 삶을 충실하게 묘사하고 그려냈으며, '떠난 사람들'은 서울에 소금을 공급하던 동네였다는 '염리동' 하층민들의 쓸쓸한 생활 터전을 그린 작품이다. 그리고 '이방인'은 공사장에서 일하는 노동자 아버지의 모습을 낯설게 그려내고 있다. 이 작품의 기저에 깔린 흐름이 화자의 눈에 비친 가족 또는 이웃들의 현실이고 삶의 풍경으로 연결되어 있다. 시상을 풀어내고 묘사하는 능력도 차분하면서 섬세하다.

이소명의 '희한한 시대', '꿈을 구하는 공식', '교실의 돌고래', '교실 장례식'은 청소년들이 나날이 접하면서 살아가는 학교 현실과 대결하며 내면의식을 충실하게 형상화한 작품들이다. '꿈꿀 수 없는 부서진 가슴' 또는 '냉동된 가슴'은 이 시대 이 나라 대다수 청소년들의 눈앞에 전개되는 실제 상황이며, 그런 점에서 이 작품들은 가장 리얼리즘에 근접해 있다 할 수 있을 것이다.

안찬우의 '중닭'은 근근이 아르바이트를 하며 '싸게 쓰이고 버려지던' 경쟁력 없는 수탉처럼 살아가는 청년 화자와, 양계장에서 달걀을 생산하고 있는 아버지를 극적으로 대비시킨 작품이다. '쉽게 전달되던 해고통지서'처럼 '중닭'이 되어가는 청년들의 삶이 잔잔한 음성으로 울림을 만들어내고 있다. '돼지감자 피어나' 또한 할아버지가 보내주신 돼지감자에 대한 명상이라 할 만하며, '부엌에서 감자 볶는 냄새'가 시에 구체성을 더해주고 있다.

이영은의 시는 묘사가 뛰어나다. '뼈의 무덤'에서는 뼈 해장국집에 오는 사람들이 해장국을 먹는 모습과, '사람들이 떠나고, 비어버린 그릇'에 '뼈만 한 무더기 남아 있'기까지의 그림을 생생하게 그려 내고 있으며, '청솔전파사'는 이름을 두고 생각하면 아마 기억 속의 가게처럼 보이는데, 마치 지금 보고 있는 듯이 생생하게 묘사되어 있다. 대상을 시어로 그려내는 능력은 기본기가 충실한 것으로 칭찬 받을 만하다고 생각한다. '목발' 또한 그러하다. 세 편의 시가 모두 수준이 고르고, 그 바탕에 자본 세상을 떠받치면서 희생당하며 힘들 게 살아가는 서민들의 삶에 대한 애정이 묻어 있는 시들이다.

이아영의 '전세대란'과 '혀의 바닥', '사춘기의 리턴즈' 등은 수사 가 화려하고 '낯설음'으로 표현하는 능력이 돋보이며 습작을 많이 한 흔적이 있다. 강혜원의 '행복한 왕자' 등도 대상과 사물을 시 속으 로 가져와 배치하는 힘이 느껴진다. 그런 점에서 이들의 시는 마지 막까지 입상 대상에 올라 있었다. 하지만 이들의 시에서(그리고 장선 우를 비롯하여 결심에 올라온 다른 많은 시들에서) 공통으로 느껴지는 아쉬움은 의식과 언어 과잉, 그리고 지나친 비틀림이다. 그 결과 자 주 대상이나 주제에서 벗어나 따로 놀고 있는 언어들을 많이 접하게 되었다. 대상의 핵심 속으로 들어가면서도 대상과 자신 사이의 긴장 이나 중심을 잃지 않는 감각이 중요하다는 점을 더하여, 일단 마지 막 두 사람을 아쉽게도 제외하고 위의 4명(이정화, 이소명, 안찬우, 이 영은)을 차례로 수상자로 선정하였다.

입상한 학생에게는 축하를, 아쉽게 선에 들지 못한 많은 응모자들 에게 아낌없는 격려를 보낸다.

예심: 김성규(시인) · 박소란(시인)
본심: 맹문재(시인, 안양대 교수) · 배창환(시인, 국어교사)

현실에서 건져올린 이야기의 힘

올해 전태일청소년문학상 응모작들은 예년과 달리 눈에 띄는 특징이 있다. 그간의 응모작들은 청소년들이 이런 이야기들을 어떻게 알까 싶은 의문이 들 정도로 다양한 어른들의 세계를 다룬 작품들이 많았다. 그 가운데서도 가장 많이 등장하는 배경은 공장이었다. 매회 심사를 볼 때마다 그 점이 의아스러웠다. 잘 알지도 못하는 공장 이야기에 청소년들이 왜 그토록 매달리는지, 왜 자신들이 날마다 겪는 일상에서 이야기를 길어내지 않는지 궁금한 한편 안타깝기도 했다.

아마도 전태일문학상이라는 명칭 자체가 풍기는 이미지에 청소년들이 부당한 현실에 저항하는 이야기를 써야한다는 중압감을 느낀 탓이 클 것이다. 그러나 전태일문학상에서 가장 중요한 것은 일반부나 청소년부나 소재가 아닌 전태일 열사가 지향했던 정신을 계승하는 일이다. 전태일 열사가 목숨을 걸고 시대에 저항할 수 있었던 힘은 뭇 생명에 대한 순결한 사랑이 없었다면 발현되지 못했을 것이다. 따라서 전태일청소년문학상에 응모하는 청소년들은 저항의 범위를 좀 더 크고 넓게 이해했으면 좋겠다.

그런 의미에서 청소년들이 자신들의 일상에서 자신들의 목소리를 내기 시작한 것은 고무적인 일이다. 흔히 청소년문제를 언급할 때 입시로 대변되는 경쟁과 학교폭력만을 떠올리기 쉬운데 청소년들의 삶을 자세히 들여다보면 어른들이 겪는 고통스러운 삶이 고스란히 대물림되고 있다. 따라서 청소년들이 자신들이 처한 현실을 핍진하게 바라보면서 치열하게 고민하고 그 결과물을 형상화할 필요가 절실하다.

김수경의 「흰머리 세는 동안」은 등록금도 제때 낼 수 없는 가난한 청소년이 엄마의 고단한 삶을 이해해 나가는 과정을 담담한 어조로 서술해나간 점이 돋보였고, 배소망의 「호더」는 입시경쟁에 내몰린 청소년이 봉사활동에서 만난 할머니와의 만남을 통해 정신적으로 성숙해가는 과정을 자연스럽게 이끌어낸 점이 좋았다. 김도헌의 「집밖」은 대학진학을 거부하고 자신의 삶을 찾아 집을 떠날 밑천을 모으기 위해 패스트푸드점에서 아르바이트를 하는 청소년의 이야기를 다루고 있는데 청소년들이 아르바이트 현장에서 어떤 대우를 받고 있는지를 생생하게 보여주고 있다. 청소년들을 착취하는 일이 만연한 현실에 당당히 저항하며 주인공이 일상생활로 복귀하는 마지막 장면의 처리도 자연스럽고 깔끔했다.

세 작품 모두 나름의 강점을 보여줬지만 전태일재단 이사장상을 수상하기엔 이런저런 아쉬움들이 있었다. 그래서 각각 사회평론 사장상과 경향신문 사장상과 작가회의 이사장상을 수여했다.

전태일재단 이사장상을 수상한 김남주의 「목마른 우물의 날들」은 아프리카 기아난민 후원단체의 이중성을 현지 청소년의 시선으로 폭로하면서 진정한 의미의 도움이 무엇인가를 질문하게 만드는 소설이다. 소재의 참신함도 좋았지만 이 소설의 가장 큰 장점은 시선의 신선함이었다. 읽는 이 모두를 불편하게 만들 수 있는 내용을 다루면서도 마지막 문장을 읽고 났을 때 더운 날 샘물 한 모금을 마셨을 때처럼 깃드는 신선함은 전태일재단 이사장상을 수상하기에 부족함이 없었다.

남들과 다른 관점과 시선으로 이야기를 이끌어나가는 힘은 창작과정에서 가장 중요한 덕목 가운데 하나이다. 본선에 올라온 작품

가운데 청계피복공장에서 일하는 노동자의 시선으로 전태일 열사의 분신과정을 묘사한 작품과 5·18 광주항쟁과 세월호 항의집회를 연계시킨 작품이 있었는데 두 작품 모두 사오십 년 전 글을 읽는 느낌을 주어서 읽는 내내 안타까웠다. 소설을 쓸 때 소재는 크게 중요하지 않다. 정말로 중요한 것은 그 소재를 어떻게 다루고 녹여내는가이다.

내년에는 어떤 청소년들이 어떤 작품을 들고 나타날지 모르겠지만 전태일청소년문학상에 응모하는 학생들이 꼭 참고를 했으면 좋겠다. 아울러 자신들의 삶을 전면에 내세워 시대에 질문을 던지는 작품들이 올해보다 더욱 많이 나오길 진심으로 기대해본다.

예심: 신혜진(소설가) · 김대현(문학평론가)

본심: 안재성(소설가) · 김한수(소설가)

'전태일'을 읽는다는 것이 지닌 의미

한 사람의 일생을 읽는다는 것은 그 사람이 감당해 온 삶과 정신을 받아 안는 일이며, 동시에 그 사람이 살아낸 시대를 읽어내는 일이다. 나아가 그 사람의 생애와 맞닥뜨린 나 자신의 현재 모습을 들여다보는 일이기도 하다. 이러한 세 가지 층위가 맞물려 진행될 때 한 사람의 일생에 대한 온전한 독서가 이루어졌다고 할 수 있다. 그런 점에서 청소년들이 '전태일'을 제대로 읽는다는 건 그리 쉬운 일이 아니다. 과거를 현재화하지 못하거나 책 속의 삶을 자신의 삶으로 끌어들이지 못한다면 죽은 독서가 되기 쉽기 때문이다.

본심에 올라온 독후감들을 읽으며 여전히 현재 속에 살아 있는 전태일을 만날 수 있어 반가웠다. 앞서 말한 나의 우려를 불식시켜 준 청소년들에게 고마운 마음을 전한다.

임사헌의 「그늘에서 불을 피우는 사람」은 전태일의 시대에 지금의 시대를 겹쳐 놓으며 글을 풀어간다. 그러면서 두 시대가 양상의 차이는 있을지언정 여전히 가난과 소외된 노동이라는 문제를 안고 있다는 사실을 분명히 인식하고 있다. 거기에 덧붙여 자신이 처한 삶까지 투영해 보여줌으로써 현재성과 입체성을 두루 갖춘 글을 만들어냈다.

현예준의 「불에는 그림자가 없다」는 전태일 사상의 핵심을 세 가지로 범주화해서 제시하고 있다. 공동체성과 헌신성, 그리고 미래지

향성이 그것이다. 충분히 공감하고 동의할 수 있는 내용이다. 전태일이 우리들에게 건네주고 간 사상의 핵심을 이처럼 정리할 수 있는 건 전태일이라는 인물을 지엽과 파편을 벗어나 총체적으로 읽어냈기에 가능한 일이다.

노주비의 「전태일 이후 한국은 얼마나 달라졌는가?」는 전태일이 '엉터리 비폭력주의자'들을 질타하는 내용의 본문을 끌어들여 현재 우리가 처한 사회 상황을 어떻게 바라보고 이해해야 하는지 묻고 있다. 그러면서 민중총궐기처럼 생존권을 외치며 거리에 나선 시위대에 대한 왜곡된 시선을 바로잡아야 한다고 말한다. 우리가 왜 강자의 편이 아니라 노동자들과 약자의 편에 서야 하는지를 생각하게 만들어주는 글이다.

김아현의 「낮은 곳에서 피어오른 불씨는 거대한 열정을 낳는다」는 자신이 가난과 불행을 소재 삼아 짧은 소설을 써봤던 경험으로 시작한다. 그러면서 자신이 쓴 글이 전태일의 삶에 비추어 보았을 때 얼마나 어쭙잖은 글이었는지를 알게 됐다고 말한다. 아울러 불의에 맞서는 용기와 행동 대신 자신의 이익에 매달렸던 태도를 반성하고 있다. 전태일을 통해 새로운 '나'를 발견하려는 태도가 잘 담겨 있다.

수상자들에게는 축하를, 그리고 아쉽게 선에 들지 못한 응모자들에게는 격려를 보낸다. 수상 여부를 떠나 전태일 정신에 대해 생각하는 시간을 가져보았다는 사실이 더 큰 보람과 소중함으로 다가갈 수 있기를 바란다.

예심 : 신지영(아동청소년문학작가)·유현아(시인)
본심 : 박일환(시인, 국어교사)

▎전태일문학상 제정 취지 ▎

"노동자는 기계가 아니라 인간이다!"
"내 죽음을 헛되이 하지 말라!"

　전태일이 스스로를 노동해방, 인간해방의 횃불로 불사르면서 외쳤던 이 피맺힌 절규들은 오늘도 우리들 가슴속에서 뜨겁게 고동치고 있습니다. 노동이 있고 싸움이 있는 곳이라면 그 어디에서나 폭풍처럼 해일처럼 메아리치고 있습니다.

　죽음마저도 넘어서 버린 전태일의 불꽃은 바로 '인간선언'의 불꽃이었습니다.

　불의의 힘이 아무리 강하더라도, 그리하여 그것이 아무리 인간을 억누르고 소외시키고 파괴한다 할지라도, 인간은 끝끝내 노예일 수 없으며 기필코 일어서 스스로의 주체적 삶을 실현시키기 위해 싸울 수밖에 없다는 진실을 밝힌 인간선언의 불꽃이었습니다.

　전태일기념사업회에서는 노동해방, 인간해방의 횃불을 높이 든 전태일을 기념하고자 '전태일문학상'을 제정합니다.

　우리는 인간을 억압하고 착취하는 모든 불의에 맞서 그것을 이겨내려 노력하는 모든 사람, 모든 집단의 목소리를 한데 모으려는 뜻에서 제정된 이 전태일문학상이 노동운동을 그 핵심으로 하는 우리의 민족민주운동과 문학운동에 새로운 활력과 힘찬 응원가로 자리 잡을 것임을 믿어 의심치 않습니다.

전태일문학상이 공장에서, 농촌에서, 학교에서, 각각의 삶터와 일터에서 인간이 인간답게 살 수 있는 사회를 건설하기 위해 노력하는 모든 사람들이 함께 참여하고 함께 나눠 갖는 문학상이 될 수 있도록 많은 분들의 관심과 격려를 부탁드립니다.

1988년 3월 전태일기념사업회 ▮